특별한 배달

김선영
장편소설

특별한 배달

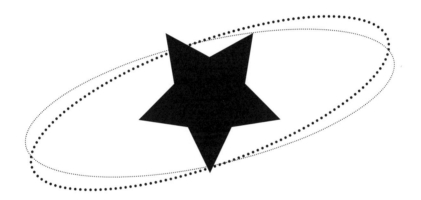

|주|자음과모음

차례

신라면과 퀵클리쌩

"라면 먹냐?"

아버지다.

"네."

태봉은 아버지의 발치를 흘낏 본 후 답했다. 잿빛 발가락양말을 신은 아버지의 발에서 김이 모락모락 난다.

"무슨 라면이냐?"

냄비 바닥에 신경질적으로 젓가락을 찍으며 태봉은 먹는 것을 멈추었다.

"신라면요."

냄비 안을 들여다보며 아버지가 말했다.

"넌 꼭 계란을 넣어서 먹드라, 짜식. 텁텁하게……. 남었냐?"

"끓여 드세요."

태봉은 뚝별스럽게 내뱉은 후 다시 라면을 후루룩거렸다.

냄비 안으로 젓가락 두 짝이 불쑥 들어온다.

"에이씨~ 끓여 먹으라니깐~."

태봉은 젓가락을 방바닥에 패대기치며 소리친다. 태봉은 아버지의 시선을 비껴, 두 눈을 부라린 후 벌떡 일어서 현관으로 향했다.

"아, 자식~ 드럽게 치사하네."

혼잣말하듯 중얼거리던 아버지는 태봉의 뒤통수에 대고 기어코 한 소리 던진다.

"잠은 집에 와 자라."

아버지의 말을 뭉개듯 태봉은 문을 쾅 닫아버렸다.

찬 공기가 폐 속으로 들어와 싸했다. 뭉근한 반지하 방의 공기로 꽉 차 있던 가슴이 조금은 뚫리는 듯했다. 라면 하나만 끓여도 수증기로 꽉 차 숨을 쉴 수가 없는 이 집이 싫다. 잠잘 때마다 관 속에 누운 듯한 섬뜩함을 떨쳐버릴 수 없다.

밤이 되자 눈이 얼어붙어 걸을 때마다 우둑우둑 소리가 난다. 도로 한가운데는 빙판이 져 번들거린다. 근수가 걱정이다. 오토바이한테 눈 온 뒤 도로는 쥐약이나 마찬가지이다. 잽도 못 쓴다. 설설 기다시피 사정사정하며 굴러가야 한다. 이런 날 배달 주문은 폭주하게 마련이다. 눈이 오면 사람들은 밖으로 나오길 꺼리기 때문에 음식을 시켜 먹거나, 볼일을 퀵으로 대신하는 경우가 많다. 오늘이 딱 그런 날이다.

둑길을 걸었다. 나무마다 눈이 오금드리 쌓여 있다. 나뭇가지에 소도록하게 쌓인 눈을 볼 때마다 떠오르는 그림이 있다. 어렸을 때 벽에 걸려 있던 스킬자수 그림이다. 그 그림이 벽에 걸려 있을 때만 해도 엄마가 곁에 있었다. 눈 쌓인 숲 속에 사슴 세 마리가 있는 풍경이다. 아빠 사슴은 머리에 커다란 뿔과 목덜미에는 덥수룩한 갈기를 달고 눈 속을 후비고, 그 옆에 엄마 사슴은 먼 데 시선을 주고 있다. 산 너머에는 노을이 붉게 번졌다. 눈밭을 폴짝폴짝 뛰어다니는 새끼 사슴의 엉덩짝은 포실하게 기름졌다. 얼굴은 보이지 않았지만 새끼 사슴의 표정은 아늑하고 흡족하며 의기양양할 것이다. 엄마 사슴은 아기나 아빠가 아닌 산 너머 노을, 그 너머를 응시하고 있다.

"에이 씨발~ 돈 보내지 말란 말이야. 그 돈 없이도 살 수 있거든! 보내지 마. 또 보내면 학교고 뭐고 다 때려칠 거야. 알았어?"

한 달 전 엄마와 통화할 때 태봉이 한 말이다. 전화를 끊자 목구멍에서 비릿한 쇳내가 올라왔다. 소리를 질러서 그런가 보다 했는데 그날만 생각하면 목이 단번에 칼칼해지며 아렸다.

아무 대책도 없이 돈 보내지 말라고 큰소리쳤다. 후회한들 소용없다. 그날 이후 엄마는 전화도, 송금도 하지 않았다. 엄마에게는 학교 때려친다는 말이 가장 큰 위협일 터였다.

당신이 점점 투명인간이 되어가는 것을 볼 수 없어요.

어느 날 엄마는 단 한 줄의 쪽지만 남긴 채 사라졌다. 아버지는 백지를 본 것처럼 어떠한 반응도 보이지 않았다. 마치 빈 휴지 조각을 들여다보는 듯 무심했다.

그쯤, 아버지 형체는 '희미해지고 있다'는 게 맞을 것이다. 그 때문에 엄마는 두려움에 떨었다.

상대가 사라지는 것이 두려워 자신이 먼저 사라진다? 웃기는 얘기이다. 엄마는 자신이 사라져야 아버지의 모습이 되살아난다고 생각했다. 그것이 대안이라도 되는 양 하루아침에 모습을 감춰버린 것이다. 태봉은 도무지 납득이 가지 않았다. 왜 어른들은 말도 안 되는 억지 논리로 자신의 입장을 합리화하는지 모르겠다.

그런 결정에 태봉의 존재는 아무것도 아니었다. 아무것도 아닌 것. 아버지가 투명인간이 되어간다고? 아니다. 투명인간은 따로 있다. 어떠한 일에 고려 대상이 아니거나 아무 영향을 끼칠 수 없다면 있어도 없는 거나 마찬가지다. 태봉은 그것 때문에 분노했다. 아니, 했었다. 이젠 그런 감정조차 먼먼 과거의 일이다. 지금은 생각하고 싶지도, 연결하고 싶지도 않다. 그깟 알량한 돈 보내면서 엄마 노릇 하려는 것 자체가 구역질 났다.

태봉은 아무것도 욕망하지 않는다. 아·무·것·도.

태봉은 길바닥에 쌓인 눈을 톡톡 차며 하늘을 올려다보았다. 하늘엔 잔별이 빼곡했다. 오늘따라 달도 뒤둥그러지게 밝다.

오늘 일진은 일찌감치 맛이 간 날이다. 점심시간에 담임이 손수 왕림하셔서 태봉을 잡도리하고 나간 일이 있었다.

"야, 장난하냐? 너 같은 새끼가 우리 학교에 어떻게 왔는지 도무지 알 수가 없다. 뭐? 장래 희망이 잉여인간?"

담임은 마디마디 끊어서 얘기할 때마다 책 모서리로 태봉의 머리를 찍었다. 아이들은 죄다 태봉을 바라보았다.

"잉여인간이 무슨 뜻인지는 아냐? 알고 쓴 거냐?"

대놓고 무시하는 저 말투. 무시도 완전 개무시다. 태봉은 애당초 긁어 부스럼 낼 일은 만들고 싶지 않았다. 짧게는 30초, 길게는 1분 정도 어금니 꾹 깨물고 참으면 그게 신상에 이롭다. 요즘엔 시답지 않은 일로 지적질하고 화내는 선생은 거의 없다. 중학교 때, 무단으로 며칠씩 결석해도 이유를 묻는 선생은 없었다. 장래 희망까지 일일이 체크하며 열 올리는 지금의 담임이 희귀종에 완전 오버형인 거다.

여기저기서 쿡쿡 웃음소리가 났다. 고개를 수그리고 있던 태봉은 눈을 치뜨며 소리 난 쪽을 훑었다.

"눈 깔아, 새꺄. 어디서 눈을 홉뜨고 지랄이야?"

담임은 더 세게 머리를 찍으며 말했다. 관자놀이가 찌르르했다. 아이들은 눈치를 보며 슬금슬금 태봉의 눈길을 피했다.

'씨발, 딱히 되고 싶은 것도 없고 살아봤자 될 만한 것도 없다고 만날 떠들어대면서 어따 대고 지랄이야? 거기다 행여 빈칸으로 두면 잡아다가 곤죽이 되도록 죽사발 낼 거면서. 아, 어쩌라고???'

태봉은 차마 입 밖으로 내지 못한 말들을 지그시 깨물었다. 30초만 더 참자, 다짐에 다짐을 거듭했다. 투명인간이라고 쓸 걸 그랬다. 그것은 장래를 걸고 되고 말 것도 없다.

투명인간? 것도 죽사발 나긴 마찬가지일 것이다. 담임은 팔팔 뛰다 못해 태봉을 정신병원에 처넣을지도 모른다.

담임은 끈질기게 이기죽거리다가, 끝끝내 태봉을 한 등급 강등시킨 후 교실을 나갔다.

"너 같은 거한테는 잉여인간도 아깝다, 새꺄. 넌 불량품에 쓰레기야, 인마."

담임은 지난주 폭행 사건 이후 태봉을 불량품 취급했다. 담임이 보는 게 정확할 것이다. 불량품은 정품으로 쓸 수 없는 쓰레기이다. 그렇게 취급해 주는 게 차라리 속 편하다. 태봉이 바라는 것은 딱 하나다.

'걍 내버려 두세요, 제발. 플리이~~~즈'다.

입학한 지 일주일 만에 쓰레기 취급받은 이유는 진석구를 건드렸기 때문이다. 먼저 쏘시개질 한 건 진석구인데 폭력을 쓴 것과 이러저러한 이유로 태봉을 꼼짝 못하게 옥죄었다.

학교에서는 폭력의 뿌리를 뽑는다며 생활지도부로 넘겨 본때를 보여주겠다고 을러댔다. 언제부터 이렇게 애들의 소소한 주먹질까지 신경 썼나 싶을 정도로 예민한 반응을 보였다. 진짜 폭력을 쓰는 애들은 절대로 티 내며 주먹을 쓰지 않는다. 그 아이들이 새대가리가 아닌 이상 보이지 않게 한다는 걸 학교도 모르지 않으면서 괜스레 수선을 피우는 거다. 중심을 건드리기엔 일이 커질 것 같으니, 변죽이라도 울려 겁을 주려면 재수 없게 걸린 놈이라도 희생양 삼아야 하는 법이다. 그건 잘못돼도 한참 잘못된 계산이다. 태봉도 그렇게 말랑말랑하지 않거니와 폭력배들도 그 정도쯤은 간파하고 남는 짱구들이라 벌써 지하 벙커 속으로 꼬리를 감춘 지 오래다.

태봉이 이 학교에 오게 된 건 몇십만분의 1 확률로 당첨된 강제 배정이다. 배정 결과를 보고 뭐 이런 재수에 똥물 튀는 경우가 다 있나 생각했다. 그러니까 오고 싶어서 온 게 아니라는 얘기이다. 태봉을 잡도리할 때마다 너 같은 새끼가 우리 학교에 어쩌고 하는 말은 좀 삼가줬으면 좋겠지만, 담임은 내 알 바 아니라는 식이다. 말해봤자 혓바닥만 아프고 말했다손 치더라도 곤죽이 되도록 폭력을 당할 게 뻔했다.

그러다 보니 아는 놈도 없고 알은체하고 싶은 놈도 없었다. 입학 첫날부터 내리 잠만 잤다. 일주일 정도 지나자 아이들은 이름으로 별명을 붙이는 유치찬란한 놀이를 했다.

"야, 따봉."

누군가 엎드려 있는 태봉의 등짝을 쿡쿡 찍었다.

"야, 하따봉~."

태봉은 고개를 들었다. 진석구였다. 진석구는 싱글싱글 웃으며 연이어 따봉이라고 불렀다.

"따봉은 무슨~. 따봉이라고 부르는 새끼는 나한테 뒈진다."

태봉은 으름장을 놓은 후 다시 엎드려 잠을 청했다.

"햐, 새꺄, 무슨 상감마마라도 되냐, 뒈지기까지 하게? 요즘은 인마, 나라님도 시궁창에 빠진 쥐새끼라고 불러도 아무 소리 못 하고 사는데 니가 무슨~, 따봉 씨발아."

태봉은 순식간에 진석구의 죽통에 주먹을 날렸다. 진석구의 안경이 포물선을 그리며 날아갔다. 더듬거리던 진석구는 태봉의 멱살을 잡으려고 달려들었다. 태봉은 미친 듯이 진석구의 얼굴과 가슴팍을 향해 주먹을 내뻗었다. 아이들이 뜯어말리자 진석구는 다리를 뻗어가며 태봉에게 헛발질을 했다. 병신 새끼가 육갑을 떠는 꼴이다. 태봉이 실실 쪼개며 다시 주먹을 내지르려 하자 주위 아이들이 어깻죽지를 걸며 저지했다. 그제야 주변이 눈에 들어왔다. 의자와 책상이 밀려난 교실은 운동장처럼 넓어져 있었다. 진석구의 안경은 교실 바닥에 들러붙었고 면상에서는 코피가 뚝뚝 떨어졌다. 진석구의 얼굴은 몰라보게 부어올랐다. 코뼈가 나간 것 같다.

태봉은 조용히 살고 싶었다. 투명인간처럼 누구의 눈에도 띄지 않게. 그런데 그건 결코 쉬운 일이 아니었다.

담임이 잘잘못을 따지지 않고 전적으로 태봉에게 책임을 전가한 까닭은 첫 번째로 폭력을 먼저 썼다는 것이다. 두 번째로 태봉은 멀쩡한데 진석구의 코뼈가 나간 것이다. 세 번째로 진석구의 엄마가 학급장이라는 것이다. 진석구의 엄마는 초등학교 때부터 유명했다. 학교 일이라면 두 발 벗고 나서는 통에 초등학교 6년, 중학교 3년 내내 반 어머니회 회장을 맡았으며 현재도 우리 반 회장님이시다. 태봉이 생각해도 담임의 구박 이유는 정당하고 또 정당했다. 폭력을 먼저 쓴 것은 무조건 잘못이며, 진석구 코뼈에 두 군데나 금이 간 것하며, 엄마가 사라진 아이보다 학급장을 맡아 학교 일에 헌신하는 어머니의 아이가 훨씬 존재감 있으며 보호할 가치가 있는 것이다. 할렐루야다. 담임이 시간 날 때마다 책 모서리로 정수리를 콕콕 찍어도 순순히 접수할 수밖에 없다. 엄마에게 버림 받은 자식이, 까짓것 학교 꼰대들의 핍박쯤이야 얼마든지 애교로 넘길 수 있는 일이다.

그날 이후 담임은 태봉을 요주의 인물로 낙점했으며 시간 나는 대로 꼬투리를 잡아 잡도리할 생각을 했다. 초장에 기선 제압을 하시겠다는 거다. 오늘도 담임은 양질의 건수를 잡은 날이다. 장래 희망에 잉여인간이라고 쓴 걸 핑계 삼아 진상을 떨며 꼬장하게 굴었다.

'쓸모없는 인간, 그게 왜 굳이 장래 희망이냐고 묻는다면? 그게 가장 유력하기 때문이다. 얼마나 솔직, 담백, 현실적인 대답인가.'

잉여인간이라는 말에 담탱이가 저토록 열 올리는 이유를 알 수가 없다. 학교에서 제일 먼저 하는 일이 서열 분리 아닌가? 학교는 오로지 그 일을 위한 검증 단체라는 생각마저 든다. 소수의 엘리트 그룹과 대다수의 잉여와 초잉여, 쓰레기로 자동 분리되는 게 학교라는 것을 초딩 때부터 몸소 체험하고 살았기 때문에 제 분수를 모르는 아이는 거의 없다. 부모들은 대개 아이가 초딩 때까지 환상 속에 살다가 중딩 때 박살이 나고 고딩 때 개박살이 나야 포기라는 단어를 접수한다.

태봉은 이미 트랙 밖으로 밀려났다는 것을 안다. 출발선부터 다르기 때문에, 트랙 차지는 고사하고 운동장에서조차 퇴출될 가능성이 짙다는 것도 안다.

어느새 퀵클리쎙 사무실 앞이다. 사무실에 불이 훤하다. 형들과 근수는 퀵을 나갔을 것이고, 고래 삼촌은 카드 게임을 하거나 이상한 책을 보고 있을 것이다. 태봉은 고래 삼촌이 읽는 책은 단 한 줄도 못 넘어간다. 도통 무슨 말인지 모르겠다. 그야말로 까만 건 글씨요 하얀 건 백지이다.

문을 열고 들어서자 비명 소리가 났다. 사무실에는 아무도 없

다. 태봉은 얼결에 야구방망이를 집어 들었다. 비명 소리는 삼촌
쪽방 쪽이다. 태봉은 발걸음을 죽이고 쪽방으로 향했다. 다시 비
명 소리가 났다. 근수다. 태봉은 야구방망이를 추켜세운 뒤 문을
드세게 걷어찼다.

"뭐야? 씨발~."

태봉은 냅다 소리를 지르며 쪽방으로 들어섰다.

"아우, 놀래라. 문 뿌사지겠다. 이눔아 야~ 야, 야, 하태봉, 방
망이 치라, 인마. 강도라도 들었을까배? 자슥, 생각도 야무지다.
안마, 강도가 왔다가 팬티까지 벗어주매 우째 이리 생활이 고약
시럽노~ 하며 울고 갈 판이고마는."

휠체어 위의 삼촌 손에는 피 묻은 솜이 들려 있고 근수는 간이
침대에 누워 있다. 근수의 정강이뼈가 하얗게 드러날 정도로 까
였다. 근수는 미간을 찌푸린 채 연신 앓는 소리를 했다.

"하이고, 삼촌, 나 죽어요오~."

"손 치라 마. 소독을 해야 그나마 오래 안 간다 아이가. 병원도
안 간다 카고 약도 안 먹는다 카믄서 소독이라도 곱게 받아야 할
꺼 아이가?"

삼촌이 솜을 문지를 때마다 근수의 다리에서는 하얀 거품이 일
었다. 그때마다 근수의 비명은 잔지러졌다.

"인마, 뼈 안 부러진 기 다행인 줄 알아라. 부딪힌 게 페라리라
꼬? 그냥 오는 바보 문디 자슥이 어딨나? 돌겠다, 이노무 자슥아."

태봉은 추켜세웠던 야구방망이를 내리며 물었다.

"그러니까 삼촌, 근수와 접촉 사고를 낸 차는 페라리이고 근수가 저 꼴을 하고 그냥 보내주었단 말이야?"

"……."

삼촌은 대꾸 없이 연신 소독약을 발라주며 인상을 찌푸렸다.

"아 씨발, 말 좀 해줘. 답답해 죽겠네."

"야야, 니는 거 승질 좀 죽이라 쫌~. 그래, 인마, 제대로 알아들었고마는 뭘."

근수의 눈꼬리에 눈물이 자작자작하다. 졸라 아픈 모양이다.

"야, 닷근! 이 곰팅아, 그 페라리 새끼를 그냥 보내? 어디야? 번호 받아놨어?"

"새끼 아녀, 년여. 그녀는 예뻤다~ 무쟈게. 히히히."

바보 같은 새끼 쳐웃기는. 근수의 큰 입이 더 크게 벌어졌다. 그렇지, 오근수 저 닷근 하는 짓이 부처님 가운데 토막인 양, 알라가 속삭인 양, 예수가 부활한 양, 저 다치신 데는 없슈? 지는 괜찮어유, 했을 거다. 안 봐도 훤하다. 날개도 없는 새끼가 천사인 척하기는.

근수와 엮이게 된 것도 진석구 때문이다.

진석구를 죽사발 냈다는 소문은 삽시간에 퍼졌다. 것도 주먹질이 전광석화에 원 펀치 쓰리 강냉이라는 조미료까지 쳐가며 나

돌았다. 주먹깨나 쓴다는 형들이 태봉의 눈앞에 잇따라 나타났다 사라지곤 했다. 아니나 다를까, 며칠 뒤 야자 끝날 무렵 부르는 목소리가 있었다.

"야, 하태봉! 잠깐 보자."

명찰을 보니 2학년이었다. 학교 앞 골목길로 접어들었다. 이곳은 가로등도 없는 데다 골목이 깊어 어둠 천지였다. 클럽에 들어 좋은 선후배 관계를 맺자는 얘기였다. 그 클럽은 중딩 때부터 싹수를 보이는 아이들부터 동네 양아치까지 연결된 꽤나 큰 조직이었다. 그래서 이름만 대면 누가 그 패거리인지 다 안다.

"안 해요."

태봉의 대답은 단호했다.

"어쭈~ 튕기시네? 얀마, 우리 아무나 보고 관계 맺자고 안 하거든. 너 오늘의 대답에 따라 고딩 생활이 활짝 피느냐, 3년 내내 얻어터지고 다니느냐 달렸거든. 너 자신을 아끼면 조동아리 신중하게 놀려라."

2학년이 태봉의 이마빡을 꾹꾹 찍어 누르며 말했다.

"전 양아치 같은 일진 놀이 그거 별로거든요."

겨우 한다는 짓이 삥이나 뜯고 담배, 빵셔틀이나 시킬 거고, 후미진 데 모여 담배를 꼬나물거나 자취하는 애 방에 틀어박혀 술이나 빨거나 가스, 본드를 하는 게 고작일 거다. 생각만 해도 성가신 일이다.

"어라? 이 자식 봐라. 아주 매를 버는구나 벌어. 양아치? 놀이? 그래, 그럼 그게 왜 싫으셔?"

"귀찮아요."

"햐, 요놈 봐라. 너 시건방이 하늘을 찌르는구나. 네 손발 좀 시방 귀찮게 해드릴까?"

패거리들의 비웃는 소리와 낄낄대는 소리가 돌림노래처럼 비어져 나왔다.

눈 깜짝할 사이에 태봉의 면상에 주먹이 날아들었다. 두 눈에서 불똥이 튀었다.

"아놔, 씨발, 안 한다고 했잖아요. 제발 나 좀 내버려 두라고! 쫌."

태봉이 담장을 밟고 뛰어올라 붕 뜬 상태에서 2학년의 얼굴을 돌려차기로 날려버렸다. 2학년은 저만치 고꾸라졌다. 그러자 패거리들이 태봉에게 몰려들었다. 진석구 사건 이후에 또 걸리면 가만두지 않겠다고 담임은 단단히 을러메었다. 네가 얼마나 괴로움을 당할지 그건 상상에 맡기겠노라고 했다. 맞는 것보다 담임한테 시달리는 것이 더 끔찍하고 성가신 일이다. 그래도 어쩔 수 없다. 태봉의 주먹에 이렇게 헌납하는 얼굴이 많은데 어찌하리오. 때리고 또 때려도 패거리들은 물러서지 않았다. 전열을 가다듬어 나오고 또 나왔다. 태봉은 기진맥진했다. 더 이상 버티는 건 무리겠다 싶어 토껴야겠다는 생각이 들 때였다.

그때 태봉과 한편이 되어 주먹을 날리는 놈이 있었다. 아니, 주먹을 날리는 것이 아니라 날아오는 주먹에 맞는 놈이 있었다. 맞으면 또 일어나 맞고, 쓰러지면 또 일어나 맞는 바람에 때리는 아이들이 질릴 정도였다. 태봉은 헛것인가 싶어 머리채를 흔들어 다시 보았다. 수호천사가 하강한 것도 아니고, 뭐야, 믿을 수 없는 일이었다.

얼마쯤 지나자 한풀 꺾인 패거리들이 하나둘 빠지기 시작했다. 그래도 놈은 거머리처럼 들러붙어 패거리들과 맞짱을 뜨려 했다. 때리는 것이 아닌 맞는 것으로. 가관이었다. 패거리들은 어디서 재수 없게 미친개가 나타났다는 듯이 슬슬 피했다. 그러더니 하나둘 빠지기 시작했다. 태봉은 놈이 하는 짓을 얼빠진 사람처럼 바라보았다. 암만 봐도 웃기는 새끼였다. 까만 골목길에서 놈의 얼굴을 확인할 수는 없었다. 더군다나 둘 다 피 곤죽인지라 들여다보는 것 자체가 호러였다. 좁다란 골목길이 태봉과 놈의 숨소리로 가득 찼다. 놈은 대자로 뻗은 채 숨만 쉬었다.

"누구냐? 너?"

태봉이 물었다.

"17 대 2여. 히히히."

뭔 소리를 하는 거야? 진짜 미친놈 아니야?

"새끼덜 비겁하게 17 대 1로 맞짱을 뜨고 있냐아?"

놈은 혼잣말로 지껄였다.

"나, 오근수. 닷근이라고 해."

오근수는 누운 채로 태봉에게 손을 내밀었다. 제 입으로 먼저 별명을 신고하는 미친놈이 다 있다고 생각했다. 그런데 귀에 익은 이름이다. 별명이 한 근, 두 근도 넘는 닷 근이라고 해서 반 아이들이 웃은 적이 있다. 같은 반 촌놈 오근수가, 놈이라니. 태봉이 오근수의 손을 잡자 근수는 아프다며 엄살을 떨었다.

"넌 무슨 놈의 힘이 그렇게도 세냐? 그렇게 처맞고도 힘이 남아도냐?"

근수가 엄살 끝에 말했다.

"맞긴 누가 맞았다고 그래? 네가 맞았지, 인마."

근수와 태봉은 힘없이 웃었다. 간만에 몸 좀 풀었더니 배도 꺼지고 입 가장자리가 찢어져 크게 웃을 수도 없었다. 둘 다 멀쩡히 일어서는 거로 봐서, 크게 다친 데는 없는 것 같았다. 근수 이 자식도 맷집이 보통 아니다. 그렇게 맞고도 끄떡없다니.

그 밤에 근수가 데리고 간 곳이 퀵클리쌩이다. 얼굴에 묻은 피라도 대충 닦아야 할 것 같아서 근수가 이끄는 대로 순순히 따랐다.

"하태봉, 좀만 참았으면 이런 일 없잖어. 넌 신고식을 무쟈게 요란스럽게도 한다아."

앞서 가던 근수가 밑도 끝도 없이 말을 꺼냈다.

"뭔 말이냐?"

"별명 말여. 그딴 게 뭐 중요하냐아, 호적을 파라는 것도 바꾸라는 것도 아닌데. 진석구 그 밥맛없는 새끼만 아니었어도 네 주먹질이 전교에 소문날 리 없었을 거고 시방 같은 난투극도 없었을 거 아녀어~. 아이, 졸라 아프네. 너나 나나 조용히 살기는 이제 영판 글러먹었다.”

말끝이 늘어질 대로 늘어지는 통에 태봉은 웃음이 나서 더 못 들을 판이었다. 어디서 이런 촌놈이 굴러 와서 설교질을 하는지 모르겠다. 그런데 이상하게 근수의 말에 성질이 올라오지는 않았다. 묘했다.

“야, 오근수, 너 어디서 왔냐? 화성에서 왔냐?”

“딴소리하고 자빠졌네. 화성은 무슨~, 충북 청원군 달뜨미 고개에서 왔다.”

“하하하, 진짜 촌놈이네~.”

“야, 암만 촌놈이어도 여기 서울 놈들처럼 지저분하게는 안 놀아.”

“오근수, 너도 진석구한테 뭐 있었냐? 왜 끼어들어서 이렇게 작살이 나냐, 싸움도 못하는 새끼가.”

“하이간, 서울 놈들은 눈치 한번 디게 빨러. 그건 촌 애들하고 확실히 달러.”

근수도 촌놈치고 만만치 않은 놈이다. 말 받아치는 뚝심하며 저 능글대는 말투, 쉽게 속을 보이지 않는 저 눙치는 얼굴. 대단한 고수다. 걸핏하면 울뚝불뚝 속내를 드러내고 마는 태봉과는 다른 족속이다. 근수는 어눌한 말투로 이어 붙였다.

내가 중 3때 서울로 유학을 왔거든. 서울에 입성했을 때 매캐한 매연 냄새가 어찌나 고소하던지. 근데 얼마 못 갔어. 진석구 새끼 땜에 서울 온 걸 후회할 정도였으니까. 밥맛없는 새끼, 지 엄마 빽 믿고 설치는 양아치 같은 새끼가 바로 진석구여.

서울 생활이 어찌나 고달프던지, 엄청 피곤하드라. 쉬는 시간만 되면 잠자기 바빴으니까. 나도 시골서 공부 좀 한다는 놈인데 서울은 산소가 모자라는 거 같아. 수업이 시작돼도 졸음이 쏟아지는 통에 죽겠드라. 서울 놈들 정말 치사햐. 선생이 들어와도 안 깨워. 좀 깨워주고 그래야 친구 아녀? 근데 그 썩을 놈의 새끼가 어느 날, 나 자는 거를 지 스마트폰으로 찍은 겨. 침 흘리며 자는 거를 찍어 놨으니 가관이지. 드럽게 쪽팔리드라. 그거를 돌아댕기며 아이들에게 보여주는데 정말 빡치더라. 그래도 참았어. 점잖게 진석구한테 지우라고 했지.

근데 애당초 점잖게 대할 놈이 아녔어. 지웠다 안 지웠다 말도 안 하고 느물대는데 나 같은 곰팅이도 뚜껑 열리기 직전이드라. 그래서 한 번 더 지웠냐고 물었지. 그랬더니 이 양아치 같은 새끼가 지웠다고 되레 큰소리치더라. 믿을 수가 있어야지. 그래서 전화기를 달라고 했어. 그랬더니 주객이 전도돼도 분수가 있지, 지웠나 안 지웠나 만 원 빵을 하자는 거여. 하여간 나는 확인하는 게 급하니까, 그렇게 하기로 한 건지 안 한 건지 모르겠는데 그 자식 전화기를 뒤져보니 사진은 없드라고. 사건은 그다음부터여.

"하태봉, 재밌냐? 너 엄청 폭풍 집중이다."

태봉은 침을 꿀꺽 삼키며 두 주먹을 부르르 떨었다. 지난번 별
명 사건 때 더 곤죽을 냈어야 하는 건데. 태봉은 듣는 것만으로도
눈에서 불똥이 튀도록 빡 돌았다.

그 자식이 얼굴만 보면 만 원을 달라는 거여. 눈만 마주치면 언
제 줄 거냐, 왜 안 주냐 그러는데 환장하겠드라. 뺑도 참 다양하게
뜯더구먼. 촌놈을 무시해도 너무덜 무시해. 내가 오히려 피해 보
상을 받아야 하는 거 아니냐아~. 도저히 참을 수가 없었어. 그 자
식을 들어 냅다 바닥에 메다꽂았어. 근데 하필 그 자식 팔꿈치 인
대가 나간 겨. 재수가 없을래니 내 참. 그 뒤는 말 마라. 촌에서 올
라와 서울살이 적응하는 것도 숨가빼 죽겠는데 사고까지 쳤으니,
그 뒷이야기는 안 할란다. 안 봐도 하태봉 너 정도면 비디오로 파
노라마같이 지나갈 거다.

본때를 보여줬더니 진석구 새끼 그담부터는 집적대진 않더라
만, 학교에서 받은 핍박은 말 안 해도 알 거다.

지 엄마 치맛바람 따라 이리저리 나부끼는 밥맛없는 새끼. 들
어보니까, 투표로 뽑힌 아이는 따로 있는데 진석구가 반장이 된
적도 있다고 하더라만. 아무 생각 없이 나대기만 하는 새끼. 봐라,
나중에 그런 새끼가 가공할 만한 병기가 될 거다, 아마.

웬수는 외나무다리서 만난다고, 같은 고등학교에 같은 반이 될

거는 또 뭐 있냐, 악연도 보통 악연이 아녀~. 근데 하태봉 니가 며칠 전에 그 자식 면상을 죽사발 냈잖어. 어찌나 속이 후련하던지. 명치에서 썩고 있던 고깃덩이가 쑥 빠지는 것 같드라.

그렇게 퀴클리쌩 사무실에 들어서게 되었고 그곳에서 고래 삼촌을 처음 대면하게 되었다. 피떡이 된 두 녀석을 바라보던 삼촌은 기도 안 찬다며, 왜 얻어터지기만 하면 이리 끄질러 오냐고 구시렁댔다. 그러면서 알코올 솜으로 얼굴에 묻은 피를 닦아주었다.

고래 삼촌은 덩치가 무척 컸다. 상체만 큰 게 문제였다. 앉아 있는 휠체어가 주저앉을 것처럼 버거워 보였다. 턱부리에는 수염이 덥수룩했고 쪽 째진 두 눈에서는 형사 같은 날카로움이 빛났다. 그렇지만 얼굴을 닦아주는 삼촌의 손길은 따뜻했다.

삼촌 책상 옆에는 할리데이비슨이 거만하게 서 있었다. 숨이 멎을 정도로 위세가 당당했다. 쩔었다.

바람의 아이들

바람이 좀 부드러워지자 때늦은 봄눈이 시나브로 녹았다. 슬아는 독서실에서 나와 집으로 향했다. 독서실은 새벽 두 시까지인데 일찍 왔다고 엄마한테 한 소리 들을 게 뻔하다. 그렇지만 더 이상 집중이 되지 않았다.

수학 문제를 풀다 막혔는데 아무리 해도 풀리지 않았다. 화가 나서 수학 문제집을 박박 찢고 말았다. 뭔가를 하다가 제대로 되지 않으면 거기서 한 발짝도 떼지 못한다. 완벽함에 구멍이 나는 게 싫다. 참을 수 없다. 기어코 해결해야만 직성이 풀리는데 그것이 뜻대로 되지 않을 때는 팔다리가 돌아갈 것처럼 나른함이 온몸을 휘감는다.

방금 전부터 조짐이 보였다. 물 마시러 나가다가 하마터면 그 자리에서 고꾸라질 뻔했다. 슬아는 가방을 챙기며 두 다리는 물론 축 처진 손아귀도 제 것이 아닌 것처럼 생각되었다. 귀울림까지 겹쳐 머릿속에서는 수십 량을 단 기차가 연속으로 지나가는 소리가 들렸다.

독서실을 나서며 귀에 이어폰을 꽂았다. 귀울림을 의식하지 않기 위해서이다. 라디오에서는 성시경의 〈푸른 밤〉이 흘러나왔다.

— 이번 폭설에 제일 욕심쟁이 나무만 벼락 맞았다는 거 아세요?

그 말은 꽝꽝 언 호수의 얼음이 쩡하고 깨지는 소리처럼 슬아의 머릿속을 울렸다.

— 바로 소나무예요. 소나무는 침엽수라 겨울에도 잎을 떨어트리지 않는 거 여러분도 다 아시죠? 빛을 병적으로 좋아하기 때문에 겨울에도 광합성을 하기 위해서랍니다. 눈이 오면 그대로 나무 위에 쌓이게 되고 무게를 견디지 못한 나무는 둥치째 쓰러지거나 나뭇가지가 찢겨나간답니다. 그 반대인 활엽수를 생각해보면 확연히 알 수 있겠죠? 잎을 다 떨구었기 때문에 폭설이 내려도 눈이 쌓이지 않아요. 허공을 찌르는 예리한 우듬지로 가볍게 하늘을 받치고 있으니까요.

여러분, 가끔씩 비우거나 내려놓아 보세요. 내일은 월요일, 오늘 밤 충분히 비우고 내일은 새로운 것들로 다시 채워보세요. 자, 이제 헤어질 시간이에요. 잘 자요~.

　욕심쟁이 나무라는 말이 가슴에 송곳처럼 박힌 건 동생 상하 때문이었다. 어렸을 때, 놀이 끝에 상하가 항상 외치던 말이 있었다.
　"누나는 욕심쟁이야!"
　블록 놀이를 하다가도 인형 놀이를 하다가도 소꿉놀이를 하다가도 상하는 항상 똑같은 말을 외쳤다.
　"누나는 욕심쟁이야."
　지금 상하는 없다.
　상하가 보고 싶다. 슬아는 그 자리에 주저앉았다.
　그 순간 요란한 굉음을 내며 오토바이 한 대가 지나갔다.

　태봉은 주말에 퀵클리쌩에서 알바를 한다. 주말이면 주문이 밀려 고래 삼촌이 죽는 소리를 하는 바람에 할 수 없이 하는 척했지만, 실은 엄마에게 돈 보내지 말라고 큰소리친 후 대책 마련을 위한 것이기도 했다. 지금 막 치킨 배달을 마치고 돌아가는 중이다. 요즘 매상이 없어 치킨집도 고정 알바를 쓰지 않는다. 차라리 퀵을 부르는 게 남는 거라며 오더가 내리는 경우가 많다. 일요일 오후 내내 음식 배달을 하느라 정신이 나갈 지경이다. 초저녁엔 주로 짜장면 배달, 아홉 시 이후엔 닭발부터 족발, 치킨에 생맥주까지 다양하게 퀵을 뛰어야 한다. 메뉴가 백쉰다섯 가지도 넘는 야

식집의 배달원이 된 기분이다.

방금 전 스쳤던 아이의 뒷모습이 낯익었다. 누구더라. 이 시간에 겁대가리도 없이 길가에 쭈그리고 앉아 있다니.

윤슬아?

슬아와 같은 학교라는 것을 안 건 입학식 날이다. 슬아와는 초등학교 때 같은 학교를 다닌 적이 있다. 톡 튀어나온 이마에 먹구슬처럼 까만 눈동자와 함함한 입언저리, 주변에 눈길 한 번 주지 않는 도도함이 넘치는 아이였다. 좋게 말해서 도도함이지 한마디로 싸가지 없는 스타일이었다. 같은 학교 다니는 내내 성적으로 슬아를 이겨본 적이 없다. 슬아가 유일한 라이벌일 정도로 초딩 때까지는 공부를 좀 했다.

그런 슬아에게도 전설의 스캔들이 하나 있다. 4학년 때 슬아를 짝사랑하는 아이가 있었다. 다른 일에는 대범한 아이가 슬아 앞에 서면 쪼그라들었다. 그 아이의 대범함은 엉뚱한 데서 발현되었다. 그 아이가 슬아에게 프러포즈를 하기 위해 싸구려 목걸이를 장만했다. 그런 뒤 어떻게 전해주나 보라고 남학생들을 모아놓고 큰소리쳤다. 완전 관심 집중이었다. 그 아이는 슬아의 담임에게 건네며 윤슬아에게 전해달라고 당당히 요구했다. 슬아 담임은 반 아이들이 보는 앞에서 목걸이를 전달했다. 슬아는 담임 손에서 꾸러미를 채트린 후 또박또박 걸어 나가 그 아이 반으로 향했다. 그 반 담임이 수업하느라 침 튀기는 것도 아랑곳없이 앞문을 열어젖히고 들어가 그 아이 얼굴에 선물 꾸러미를 패대기친 것이다. 그 이후 윤슬아는 싸가지라는 별명을 얻었고 그 아이는 쪽팔려라는 별명을 얻게 되었다. 그 아이의 쪽팔림은 당시 또래 남학생들이 모두 당한 것처럼 동일시되었다.

그로부터 5년의 시간이 흘렀다. 외모는 변한 게 없었다. 톡 튀어나온 이마는 여전했고 상대적으로 들어간 눈은 반짝이며 까맣고 피부는 여드름 하나 없이 뽀얬다. 거기다 입학식 날 신입생 대표로 선서한 것을 보면 1등으로 들어왔다는 것을 알 수 있다. 저 정도면 도도함이 됐든 싸가지가 됐든 하늘을 찌르고도 남을 만하다. 쪽팔려는 아직도 저 싸가지를 생각할까?

근수는 당분간 오토바이를 타지 못했다. 조금만 움직여도 간신히 아문 살이 터지는 바람에 삼촌이 단단히 을러대 사무실에 얼씬도 하지 못했다.

퀵을 할 때 가장 좋은 것은 속도를 낼 수 있다는 것이다. 삼촌 말에 의하면 자동차를 탈 때는 드라이브라고 하지만 오토바이는 라이드라고 한다. 말을 탈 때도 라이드라고 하는데 오토바이도 생명이 있는 것처럼 여기라는 뜻 아니겠냐는 것이다. 오토바이도 생명이 있는 것처럼 다루어 충분한 교감을 나누고 주의를 기울여야 위험하지 않다고 장황하게 설명했다.

태봉은 삼촌이 말한 열 가지보다 한 가지만으로 오토바이를 좋아한다. 그것은 달릴 때 맞불어오는 바람이다. 오토바이에 오르면 혼몽한 잠을 털고 기지개를 켜는 것 같다. 온몸에 바람이 부딪치며 뒤로 넘어갈 때 비로소 세포가 하나씩 깨어나는 느낌이랄까. 그때부터 의식이 명료해진다. 그 순간만큼은 사라진 엄마도 사라질 것 같은 아빠도 지질한 진석구 새끼도 찰거머리 담임도 생각나지 않았다. 오로지 바람 속의 자신만 떠올랐다. 머릿속이 차가워지며 세포 구멍 하나하나마다 바람이 관통하는 느낌.

퀵클리 형들이랑 인사를 하고 집으로 향했다. 집에 들어갈 생각을 하니 가슴이 갑갑하다. 모퉁이를 돌아설 즈음, 앞서 가던 어떤 물체 하나가 풀썩 쓰러졌다. 술 먹은 개려니 생각했다. 이런 날 길에서 잠들면 백 프로 얼어 죽는다. 아무리 얼음이 풀렸다고 해도 새벽은 한겨울 날씨다. 119에 전화라도 한 통 해줘야 낼 아침 뉴스거리는 면하겠다는 생각이 들었다. 태봉은 애꿎은 전화비만 날리게 생겼다며 술 먹은 개 옆으로 다가섰다.

그런데,
술 먹은 개가 아니었다.
윤슬아다.

태봉은 윤슬아의 어깻죽지를 흔들었다.

"야, 야, 뭐야? 너, 왜 그러냐?"

정신을 잃은 듯했다. 태봉은 덜컥 겁이 났다. 119를 불러야 될 것 같았다. 전화기를 꺼내 들었다. 그 순간 슬아가 태봉의 두 손을 힘없이 잡았다. 전화하지 말라는 무언의 제스처 같았다. 여전히 두 눈은 잠자는 것처럼 편안하게 감겨 있다.

"아, 어쩌라고? 재수 진짜 더럽게 없네."

슬아는 눈을 감은 채 가까스로 태봉의 손을 잡았다. 당황스럽지만 왠지 뿌리치면 안 될 것 같은 간절함이 느껴졌다. 미미하게나마 손에 힘을 줄 수 있다는 건 의식이 있다는 뜻이다. 그렇다면 이건 뭐지? 태봉은 슬아를 안아서 정류장 의자에 앉힌 후 몸을 기대게 했다. 얼마나 지났을까, 5분? 10분? 슬아가 움직였다. 멀쩡했다. 한숨 잘 잤다는 표정이다. 잠깐 두리번거리며 상황 파악을 하는가 싶더니, 태봉과 눈이 마주치자 몸을 흠칫 떨었다. 머리와 옷매무새를 매만지던 슬아는 고맙다는 고갯짓도 없이 뒤돌아섰다. 쥐구멍이라도 찾고 싶은 모양이다.

태봉은 아무 일 없다는 듯 뒤돌아서는 윤슬아를 그대로 둘 수 없었다.

"야, 너 윤슬아지? 싸가지 없는 건 여전하구나."

발짝을 떼던 슬아는 멈칫했다. 누구더라? 저렇게 정확히 호명할 정도면 잘 안다는 것인데. 슬아는 당장 숨고 싶은 심정을 누르며 뒤돌아섰다.

"하태봉?"

입학하고 며칠 되지 않아 하태봉에 대한 소문이 전교에 뜨르르했다. 양아치 되기를 거부한 전설의 주먹이라는 별호까지 붙어서.

"어쭈~ 나를 다 알아봐 주시고. 이거 영광입니다그려."

태봉은 엉덩짝을 들며 황공하다는 듯이 허리를 굽혔다.

"그 정도야, 뭐. 난 한 번 본 얼굴은 잊어먹지 않아. 같은 초등학교에 다닌 적 있잖아."

아파트를 팔고 지금의 반지하 방으로 이사하며 전학 갔는데, 슬아는 태봉이 5학년 때 전학 간 것까지 정확히 기억했다.

"어련하시겠습니까. 야, 신세를 졌으면 고맙다는 인사라도 해야 하는 거 아니냐?"

슬아는 태봉이 말하는 본새가 양아치 못지않다는 생각을 했다. 기분대로라면 인사하고 싶지 않았다. 사실 따지고 보면 누가 저보고 도움을 요청한 것도 아니지 않은가. 자발적으로 움직였으면서 고맙네 뭐네 요구하는 것 자체가 논리에 맞지 않았다. 하필 주먹이나 쓰는 무식한 하태봉에게 걸린 건 좀 안타까웠다. 슬아는 거만하게 앉아 올려다보는 하태봉에게 한 발짝 다가서며 말했다.

"고맙다. 그리고 부탁이 있는데 방금 전 일은 못 본 걸로 해줄래?"

슬아는 자기 일로 이러쿵저러쿵 입에 오르는 건 죽기보다 싫었다. 그리고……, 엄마가 알면 안 된다. 상하처럼 될 수 있다.

"야, 싸가지! 본 걸 어떻게 못 본 걸로 하냐? 말이 되냐? 너같이 똑똑한 애도 말 안 되는 소리를 하냐?"

태봉은 엉덩이를 툭툭 털며 슬아를 지나 한마디 질렀다.

"재수 없어, 씨발."

흠칫 놀란 슬아는 태봉의 뒤통수를 쏘아보았다. 뭐? 양아치 되기를 거부했다고? 하는 짓은 꼭 양아치고만. 어디 맘대로 입을 놀려보시지. 더럽게 치사한 자식.

슬아는 터벅터벅 집을 향해 걸었다. 밖에서 이런 적은 없었다. 오늘이 처음이다. 점점 이렇게 되면 곤란하다. 이러면 안 되는데. 누군가에게 조종당하는 느낌이 들었다. 스위치를 꺼버리면 밥을 먹다가도, 길을 가다가도, 시험을 보다가도 멈춰버리는 자동인형이 된 기분이었다. 그야말로 속수무책이다.

처음엔 빈혈인가 싶어서 철분제를 먹었다. 그 나이 때는 빈혈도 흔한 거라며 엄마는 대수롭지 않게 여기다가, 틈만 나면 잠을 자는 슬아를 보더니 폭발하고 말았다. 그렇게 잠만 자면 네 인생이 어떻게 되겠니? 남들은 공부하느라 밤을 하얗게 샐 텐데, 너 대체 왜 그러니? 입학할 때 1등, 그거 아무것도 아니야. 끝이 중요한 거야. 이따위로 할 거면 집어치워. 너까지 이럴래 정말~.

저도 알아요.

처음으로 말대꾸를 했다. 엄마는 말없이 방을 나서며 방문을 세차게 닫았다.

며칠 후 슬아 책상 위에 철분제가 놓여 있었다.

"다녀왔습니다."

슬아는 무심히 안방을 향해 말했다.

"왔니? 오늘은 조금 일찍 왔네. 얼른 씻어. 빈혈에 좋은 간 튀겨 났다. 먹기 싫어도 꼭 먹어라."

이 시간까지 화장도 지우지 않은 채 엄마는 책 한 권을 손에 들고 거실 흔들의자에 앉아 있다.

교복을 벗다가 슬아는 꾸덕꾸덕 말라가는 간튀김을 보자 인상을 찌푸렸다. 보기만 해도 비위가 상했다. 철분제 이후 엄마는 간에 브로콜리에 피망에 시금치 등, 빈혈에 좋다는 것은 죄다 등장시키며 슬아의 잠을 몰아내는 데 열을 올렸다.

그런데 빈혈이 아니었다.

슬아는 책상 위에 있는 간튀김을 휴지에 둘둘 말아 가방 속에 쑤셔 넣었다. 조금이라도 남기면 엄마의 잔소리가 이어질 것이다. 집 안에 버렸다가 들키는 날에는 죽음을 각오해야 할지도 모른다. 생각보다 빨리 상하처럼 될지도 모르는 일이다.

박박 구겨놓아 북데기가 된 수학 문제집을 꺼내 다림질하듯 폈다. 아까 풀지 못한 것을 다시 풀었다. 생각보다 쉽게 풀렸다. 엄마는 책상 앞에 앉아 있는 슬아를 문틈으로 확인한 후 안방으로 들어갔다. 감시 카메라가 따로 없다. 감정까지 실은 초특급 렌즈에 감시 대상이 매뉴얼대로 하지 않을 시에는 가차 없이 제거해 버리는 가공할 만한 위력을 지닌 최첨단 카메라이다.

상하는 입양아이다. 슬아도 입양아이다. 엄마는 그런 사실을 처음부터 숨기지 않았다. 필요할 때는 그 사실을 공개적으로 얘기했다. 꼭 열 달을 뱃속에 품고 있다가 낳아야만 자식인가요? 가슴으로 낳는 것도 자식이지요. 우리나라에서 입양을 기다리는 어린 아이들이 얼마나 많은지 아세요? 아마 영유아 수출국 세계 1위는 부동일 거예요. 그런 불명예는 벗어야 되지 않겠어요? 입양은 크게 인류에, 작게는 국가와 사회에 이바지하는 겁니다.

엄마 같은 범인도주의자가 아니었다면 슬아도 파란 눈에 노랑 머리를 한 외국인 엄마 아빠를 만났을지도 모른다. 엄마에게는 항상 몇 가지 수식어가 붙어 다녔다. 제 자식도 키우기 힘들어 내다 버리는 세상에 남의 자식을 저렇게 똑똑하게 키워놓다니, 대단해. 요즘 같은 세상에 저런 사람이 어딨어, 주님이 가브리엘 대신에 보내주신 거야, 훌륭해.

입양아란 사실을 죽을 때까지 비밀로 하고 싶은 건 상하와 슬아뿐이었다. 정작 비밀로 해야 한다고 생각하는 사람은 엄마 주변 사람들이었다. 아는 사람들끼리 수군대더라도 그들은 결코 다른 사람들에게 말하지 않았다. 그래서 슬아와 상하가 입양아란 사실은 공공연한 비밀이었다.

아마도 상하를 파양한 건 엄마에게 치명적인 모양이었다. 엄마

앞에서 누구도 상하 얘기를 꺼내지 못하게 했다. 상하가 가고 난 다음 날 상하의 물건은 먼지 한 톨 없이 어딘가로 실려 갔다. 작년 겨울방학 때였으니까 상하가 중1이었다. 작별 인사도 제대로 하지 못했다. 엄마는 고입을 앞둔 슬아에게 딴 데 신경 쓸 겨를이 어디 있냐며 새벽부터 밤늦게까지 학원 스케줄을 잡아놓았다. 만약 인간에게 숨 쉬는 시간이 따로 있다면 슬아는 진즉에 죽었을 것이다.

수학 문제집을 옆으로 밀어놓고 『평행 우주』란 책을 꺼내 들었다. 책 표지를 손으로 쓸어보았다. 요즘 가장 위로를 주는 책이다. 이 책에 의하면 우주는 무한하다고 한다. 그렇기 때문에 우리가 관측할 수 없는 그 한계 너머에 똑같은 다른 우주가 얼마든지 있을 수 있다고 한다. 똑같은 사람이 다른 우주에 살 수도 있으며 죽은 사람이 다른 우주에서는 살아 있을 수도 있는 것이다.

사람은 원자가 결합하여 생기는 것이다. 무한대의 우주가 생성되는 데에는 몇 가지 법칙이 작용하는데 중력, 전기, 자기장 같은 물리 현상은 우주 어느 곳에서나 똑같이 일어난다고 한다. 그렇다면 이 우주 안에서 일어나는 일이 다른 우주에서 일어나지 않으리란 법은 없는 거다. 결론적으로 똑같은 원자의 결합은 얼마든지 가능하다는 얘기이다.

슬아는 이 사실을 안 뒤 조금은 위로가 되었다. 늘 그런 상상을 했다. 낳아준 엄마, 아빠랑 오붓하게 사는 또 다른 자신이 어딘가에 있을 거라는. 그런 상상을 하게 된 건 어렸을 때 『미오, 나의 미오』라는 동화책을 통해서였다. 보쎄라는 입양아는 양부모를 아줌마, 아저씨라고 불렀다. 아줌마, 아저씨는 보쎄가 들어온 후부터 집안이 불행해졌다며 보쎄를 무척 싫어했다. 어느 날 보쎄는 친절한 과일가게 아주머니가 준 사과 한 알로 다른 세계의 미오로 다시 태어나게 된다. 미오의 아버지는 한 나라의 임금이었다. 아줌마가 네 생부는 건달이었을 거라고 말한 거와는 너무나 다른 자상하고 따뜻한 왕이었다. 미오는 그 나라의 왕자님으로 살게 된다. 미오는 현실 속의 보쎄였던 시절을 결코 잊지 않으며 미오로 사는 것이 얼마나 행복한지 되새김질한다. 보쎄는 그렇게 상상 속의 미오로 외롭고 슬픈 현실을 이겨나간다는 이야기이다.

그때 상상은 상상으로 그치는 것이 아니라는 것을 알았다. 상상으로 위로받아 힘을 낼 수 있다면 상상은 현실이 되는 것이다. 날고 싶은 인간의 욕망은 신발에 날개를 단 헤르메스를 상상해냈으며 끝내 비행기를 만들었다. 공간 이동에 대한 끊임없는 욕망의 상상으로 자동차를 실현해내지 않았던가. 상상은 현실을 움직이는 힘이기 때문에 어느 것보다도 자명한 현실이라는 것을 알았다.

누군가 슬아의 몸을 세차게 흔들었다. 슬아는 물살에 요동치는 쪽배에서 물 위에 떠 있는 신발 한 짝을 잡기 위해 안간힘을 썼다. 신발이 손끝에 닿을 만하면 누군가 몸을 세차게 흔드는 바람에 잠을 수 없었다. 아무리 기를 써도 신발과 손끝의 거리는 줄지 않았다. 다시 배 난간에 매달려 물살 위로 손을 뻗어보지만 신발은 보란 듯이 둥둥 일렁이며 놀아났다.

"애, 슬아야, 눈 좀 떠봐~. 왜 이렇게 잠 깨는 게 힘들어, 점점."

엄마는 슬아의 볼을 두들기다 분무기로 얼굴에 물세례를 퍼부었다. 신발이 손끝에 닿을락 할 때 그만 싯누런 흙탕물 속에 빠지고 말았다. 허우적거리다 눈을 떴을 때 엄마의 손에 들린 분무기가 보였다.

벌써 아침 여섯 시다. 눈을 잠깐 붙였다가 뗀 것뿐인데 세 시간이 지났다. 3분, 아니 3초가 지난 것 같았다.

아침밥을 먹으면서 주방에 있는 모니터로 인강을 봐야 한다. 엄마는 슬아가 이 일을 한 번도 거르지 않도록 정확하게 타이밍을 맞춘다.

엄마는 상하에게도 그렇게 했다. 그런데 상하는 교묘하게 엇나갔다. 상하는 엄마가 뭐 하라고 하면 늘 이렇게 말했다.

"잠깐만요. 저 이거 먼저 하고요."

엄마와 눈도 마주치지 않고 제 하고 싶은 것을 먼저 해버렸다. 그런 다음에도 하라는 것을 하지 않았다. 그리고 이렇게 말했다.

"죄송해요, 엄마. 깜빡했어요. 지금 하면 되죠?"

그러면 엄마는 눈 뜨고 볼 수 없다며 폭발하곤 했다.

"너 같은 아이는 사람의 인내심이 어디까지인지 테스트하는 놈이야. 넌 어떻게 사람을 도저히 참을 수 없는 지경까지 몰아붙이니? 이건 아니야. 이렇게 살려고 했던 건 아니야. 이건 아니라고~."

엄마는 거의 이성을 잃을 정도로 악다구니를 썼다. 상하의 체구가 집어 던질 정도로 작았다면 그렇게 했을지도 모른다.

"근데, 엄마, 엄마한테서 이상한 냄새가 나요."

상하는 벌어진 상황과는 무관하게 느끼는 바를 그대로 얘기했다.

"나가, 당장 나가~."

엄마는 검지를 곧게 편 뒤 현관문을 가리키며 소리쳤다.

"알았어요. 나갈게요."

상하는 들어야 할 말은 듣지 않았고 듣지 않아도 되는 말은 들었다.

그런 날 집 안 풍경은 항상 동일했다. 상하는 학원 스케줄을 죄 빼먹고 늦게까지 들어오지 않았고 엄마는 편두통으로 드러누웠다. 상하를 찾기 위해 아빠랑 온 동네를 헤맬 때 방방 놀이기구에 머리가 낀 상하를 발견한 적이 있다. 상하의 머리에서는 피가 뚝뚝 떨어졌다. 트램펄린의 용수철 사이에 머리가 끼어 찢어진 상태라 건드릴 수 없었다. 그런데도 상하는 아프다는 소리 없이 괜찮다는 말만 연거푸 했다. 119 소방대원이 용수철을 절단한 뒤에 빠져나올 수 있었다. 병원에서 머리를 꿰매고 집으로 들어갔지만 엄마는 내다보지 않았다.

슬아는 상하에게 어떻게 하다 그렇게 됐냐고 물었다.

"누나, 방방 타다가 내가 그렇게 높이 뛴 적은 처음이야. 신기했어. 보이지 않던 곳까지 보게 되었어. 완전 대박. 내가 왜 방방을 좋아하는지 알아? 날아다니는 거 같아. 어떤 때는 하늘 끝까지 닿을 수 있을 거 같아. 어떤 날은 꼭 지구 밖으로 튕겨져 나갈 것 같다니깐."

상하는 항상 자기가 하고 싶은 말만 했다.

"그래, 어쨌든 어쩌다가 그렇게 됐냐고? 짜증 나니깐 묻는 말에나 제대로 대답해!"

"누나도 똑같아, 엄마랑. 저리 가, 입 냄새 나."

하여간 대단한 기술이었다. 사람을 한순간에 돌게 하는 저 테크닉. 슬아는 손으로 입을 가린 다음 입 냄새를 맡아보았다. 그다지 불쾌하지는 않았다.

"너, 말해봐. 아까 엄마한테 이상한 냄새 난다고 했던 말 정말이야? 지금 누나한테 입 냄새 난다는 말도 거짓말이지?"

슬아는 다그쳐 물었다. 말하기 싫을 때 상대방의 입을 다물게 하는 술수를 부리는 게 틀림없었다. 쪼끄만 것이 벌써부터. 상하의 잔망스러움에 기가 질릴 지경이었다.

"진짜 냄새나거든. 나는 솔직하게 말하는 것뿐인데 사람들은 왜 난리를 치나 몰라. 난 사람들 말에서 냄새가 나."

슬아는 상하의 눈빛을 바라보며 저 아이 머릿속에 진짜 마귀가 들어 있는 것이 아닌가, 생각했다. 미술 치료 때 상하의 그림을 본 적이 있다. 머릿속에 마귀가 잔뜩 들어 있는 그림이었다. 마귀들은 상하의 머릿속에서 그거 하지 말고 이거 해, 라고 항상 꼬드긴다고 했다.

"관둬, 말하기 싫음."

슬아는 일부러 방을 나서는 척했다. 하지 말라면 꼭 하고야 마는 상하의 성질을 알기 때문이다.

"하늘을 찌를 만큼 높이 올라갔는데 밑으로 내려올 땐 어떻게 됐겠어? 너무 세게 튕겨져 나가는 바람에 용수철이 벌어졌을 때 머리가 떨어져 꺼버린 거지. 그러니까 용수철의 탄력보다 내 몸이 더 빨랐던 거야. 똑똑한 누나가 것도 몰라?"

중학생이 되자 상하의 말대꾸 단수는 더 높아졌다.

"꼭 그렇게 해야 돼요? 안 하고 싶으면 어떻게 해야 돼요?"

엄마가 양육할 때 내세운 모토는 '생각하지 마라, 복종하라'인데 상하는 자랄수록 그게 먹히지 않았다.

그건 학교에서도 마찬가지였다.

"체벌은 금지되어 있기 때문에 벌점제를 적용한다. 지도 시 학생의 태도에 문제가 있다고 생각할 때에는 벌점을 매겨 성적에 반영한다. 벌점을 받지 않은 경우에는 상을 준다. 플러스 점수로."

입학 초 벌점제에 대해 설명하는 선생 앞에 상하가 손을 번쩍 들었다.

"선생님, 질문 있는데요. 플러스 점수 받지 않으려면 떠들어도 되는 거죠?"

수업 종이 울린 뒤 분위기를 잡으려 할 때 두루마리 휴지를 들어 올리면서 주의를 흩트리는 아이도 상하였다.

"화장실 갔다 와도 돼요?"

"선생님, 겨땀 쩔어요."

상하는 늘 그런 식이었다. 꼭 불협화음을 내야 직성이 풀리는 아이였다.

한번은 수업시간에 들어온 여선생의 치마 말기가 말려 있던 모양이었다. 상하는 손을 들고 말했다.

"선생님, 팬티 보여요."

여선생은 다음 날 학교에 나오지 않았고 엄마는 학교로 불려가게 되었다. 엄마는 낯을 들 수 없다며 곤혹스러워했다.

상하 담임은 이렇게 얘기했다.

"아이가 특별히 나쁘진 않아요. 상하는 진지하고 조용한 상태를 못 견디는 것 같아요. 상대방 약을 있는 대로 올려서 폭발하게 만드는 그런 힘이 있는 아이예요. 상하 앞에서는 누구나 질려 넘어가게 되어 있죠. 어머님만 알고 계세요. 우리 학교에서 악명 높은, 이런 말 제 입으로 하면 안 되지만, '미친개' 선생님도 어느 날 두 손 두 발 다 들었다며 혀를 내두르더라고요. 심리적인 문제가 있는 것 같으니 병원에 한번 데려가 보세요."

소아신경정신과 검진 결과 행동조절능력결핍으로 나왔다. 의사 선생님 말에 의하면 말을 안 들으려는 것이 아니라 말을 듣고 싶어도 마음대로 안 된다는 것이다. 그것은 본인의 의사와는 다른, 뇌의 호르몬 조절과 관계있다고 했다.

엄마는 학교 선생님이나 의사와 상담 후 꼭 이렇게 덧붙였다.

"저는 요즘 한 가지 기도만 합니다. 저 아이 입양한 것을 후회하지 않도록 해달라고."

거짓말이다. 엄마는 옛날부터 후회하고 있다. 슬아는 진즉에 그것을 눈치챘다. 상하도 모를 리 없다. 상하가 어느 날 그랬다.

"난 조용한 게 싫어. 조용하면 내가 어딘가에 갇혀 있는 것 같아. 숨이 막혀 곧 죽을 것 같아. 그러면 날 갖다 버릴 거 아니야, 엄마가."

상하의 말이 현실이 된 건 생각보다 빨랐다. 슬아는 상하가 이렇게 빨리 제거될 줄은 몰랐다. 삼세번, 미성년자, 정상참작, 집행유예……, 뭐 이런 유의 말들은 상하에게 적용되지 않았다.

괴물들

어느새 4월 중순에 접어들었다. 폭설에 바람도 만만치 않은 날이 많았는데 때가 되니 꽃눈이 벌어져 또 다른 세상을 만들어주었다. 교문 앞 가로수 길에 벚꽃이 흐드러지게 피었다. 양지 녘의 목련은 벌써 커다란 꽃잎을 툭툭 떨구고 있다. 목련나무 아래에는 꽃잎의 융단이 흐벅졌다. 태봉은 어느 순간부터 꽃은 예쁜 것만은 아니라는 것을 알았다. 벚꽃이 피면 어렸을 때 가족들과 꽃놀이를 갔다. 벚꽃 피는 때가 언제냐며 기다릴 정도로 좋아했다. 환한 벚꽃 아래 솜사탕 들고 사진 찍으며 놀이기구 타던 때가 있었다. 지금은 꽃이 핀 모습이 아플 수도 있다는 것을 안다.

2학년 패거리들과 한판 뜬 후 태봉은 조용히 살기는 글렀다고 생각했는데 아직껏 아무 조짐이 없다. 그래서 이상했다. 일진의 생리로 봐서 그냥 넘어갈 리 없다.

"닷근, 수상하지 않냐?"

근수는 자려고 엎드리다가 태봉의 물음에 두 눈을 씀벅이며 일어났다.

"뭐가아?"

근수의 두툼한 입술이 천천히 움직이며 태봉에게 도로 물었다.

"주먹들 말이야, 왜 가만히 있냐고. 똘마니들 데리고 덮쳐도 벌써 덮칠 일 아니냐?"

"하태봉, 겁나냐아? 천하의 하태봉이 겁나는 것도 있냐아?"

근수는 두툼한 입술 사이로 예의 그 하얀 이를 드러내며 히죽거렸다.

"이 자식이 장난하고 있어. 많이 컸다, 닷근."

태봉은 위아래로 근수를 훑으며 말했다.

"눈에 힘 빼, 인마. 다 약을 쳐놨어."

근수는 또다시 속 모를 웃음을 띠고 태봉의 시선을 비꼈다.

"뭐? 약을 쳐? 뭔 약?"

근수는 태봉의 어깨를 토닥이며 말했다.

"쟤네들, 절대 너 포기 안 할 겨. 주먹 있지, 깡 있지, 이렇게 비주얼도 삼삼하지. 걔네들이 침 질질 흘릴 만한 물건여 너어. 그러니 거기다 못 찍어 먹게 약을 발라놔야 되는 거 아니겠냐?"

근수는 점점 뜻 모를 말을 부리고 있었다. 태봉은 속에서 불이 났다. 대체 뭔 말을 하는 건지 알아들을 수 없었다.

"연설하지 말고, 뭔 약을 처발랐다는 얘기냐고? 곱게 말할 때 빨리 불어라. 아님 주먹 나간다."

"하이고, 하태봉 님 무서버서 얼른 불어야 되겠네유. 뺑 좀 쳤슈."

"뭐라고?"

"울 삼촌이 경찰대학 졸업한다고."

"……."

태봉은 잠시 할 말을 잃었다.

"미친 새끼."

의외로 배짱이 두둑한 놈이었다. 뺑을 칠 게 따로 있지, 들통 나면 어쩌려고. 근수가 아니라 꼼수로는 고수였다. 클럽 입단을 거절하면 남아나지 못하는 것이 그 세계의 법칙이다. 선택은 딱 두 가지밖에 없다. 클럽에 들어가 주먹으로 활약하거나 3년 내내 저항하다 장렬히 얻어터지거나. 그런데 한 가지 방법이 또 있다. 그건 경찰과 조금이라도 끈을 대고 있다는 것을 알면 바로 손을 뗀다는 것이다. 깨끗하게. 미련한 놈들은 주먹질 안 한다.

태봉은 진석구 치료비와 안경값으로 거금을 날렸다. 부모님 모셔 오라는 것을 둘러대느라 진땀을 뺐다.

합의금을 받자 진석구 엄마는 교무실과 1학년 교실에 간식을 투입했다. 제 자식으로 인해 물의를 빚어 죄송하다는 말을 덧붙이면서.

근수와 태봉은 간식으로 받은 햄버거와 콜라를 쓰레기통에 던져버렸다. 아이들은 설탕물 만난 벌 떼처럼, 몇 날 며칠 굶은 돼지 새끼들처럼 움움거리며 콜라와 햄버거를 먹어댔다.

오늘 마지막 수업은 문학 시간이다. 아이들은 진석구 모자표 간식을 배불리 받아먹은 터라 병든 닭처럼 졸았다. 문학샘은 시를 낭송했다.

엄마야 누나야 강변 살자
뜰에는 반짝이는 금모래 빛
뒷문 밖에는 갈잎의 노래
엄마야 누나야 강변 살자

"아름다운 시에 곡을 붙여 노래로도 많이 불렸습니다. 유명한 민족 시인 김소월의 작품입니다. 강변이라는 이상향에서 어린아이의 심정으로 살고픈 화자의 바람이 들어 있는 시이지요. 자, 이 시 속에 어떤 심상이 들어 있으며 어떤 수사법이 쓰였는지, 또 이와 유사한 정서의 시는 어떤 것이 있는지 찾아볼까요?"

문학샘은 1학년 선생 중 유일하게 미스이며 예쁘다. 학생들에게 꼭꼭 존댓말을 쓰는 선생으로도 유일하다. 태봉이 졸지 않는 유일한 시간이기도 하다. 여기저기서 시각적 심상, 청각적 심상이라는 말이 나왔다. 의인법에 대구법, 수미상관법이라는 말이 나올 즈음, 리듬을 깨는 목소리가 있었다.

"저, 선생님, 몇 년도 작품인지 모르겠지만 꽤나 앞을 내다보는 대단한 작품인데요."

진석구였다.

"1920년대 작품인데, 무슨 말이에요, 진석구 학생?"

진석구는 우쭐하여 일어나 대답했다.

"와, 근 100년 전이잖아요. 짱인데요, 진짜. 요즘 강변에 지은 아파트가 얼마나 잘나가는데요. 요즘 아파트는 강변에 있는 게 최고잖아요."

헐.

대애~박.

여기저기서 키득키득 웃는 소리까지 보태졌다.

문학샘은 절망적인 눈빛으로 진석구를 바라보며 말했다.

"진석구 학생, 여기서 강변은 그런 뜻이 아닌 거 알죠? 우리가 살고 싶은 곳이자, 어린 시절 살던 곳으로 돌아가고 싶은 희구가 들어 있는 시어예요."

"그니까요, 누구나 강변에 있는 아파트에 사는 걸 꿈꾸잖아요. 그게 현실 아닌가요?"

"또라이 새끼, 나대지나 말든지."

태봉은 기어이 한마디 내뱉고 말았다. 웬만해선 문학샘 앞에서 거친 모습을 보이고 싶지 않았다. 진석구는 태봉의 목소리에 움찔하는가 싶더니, 여전히 제 해석의 탁월함이 어떠냐는 식으로 고개를 빳빳이 세웠다. 태봉은 한 번 더 죽통을 날려주고 싶은 심정이었다. 구제 불능이다.

지난번 문학 시간에 『대지』를 읽고 토론할 때도 진상을 떨었다. 진석구는 주인공 왕룽이 짱이라는 것이다. 어떻게 그 시대에 땅의 가치를 빨리 알고 투자를 할 수 있었냐는 것이다. 투자의 가치를 아는 부자들의 1퍼센트 영역에 왕룽도 넣어줘야 된다며 호들갑을 떨었다. 보라고, 땅에 투자하는 바람에 삼대가 배 두들기며 먹고 살지 않느냐고 박박 우겼다. 함께 토론을 벌이던 아이들은 완전 어이 상실 상태였다. 거기다 『대지』에 나오는 등장인물 중 생산성이 떨어지는 인간들은 청소를 해야 한다고 주장했다. 왕룽이 한눈에 반해 첩으로 들이자 후에 마약중독자가 된 찻집 종업원 렌화라든가, 왕룽의 늙은 아비라든가, 영양실조로 정신박약아가 된 왕룽의 딸이나 개망나니 삼촌을 말한다.

그 말을 듣고 문학샘은 숨을 크게 몰아쉰 다음, 문제를 내주었다.

"설악산에 매우 큰 산불이 났어요. 여덟 명의 사람들이 고립되어 구조를 기다리고 있습니다. 지형이 위험하여 도저히 구조대원의 손길이 닿지 않습니다. 헬기로 접근하려는데 단 세 명만 태울 수 있습니다. 다음 중 여러분은 어떤 사람을 먼저 헬기에 태우겠습니까?"

문학샘은 판서를 하기 시작했다.

① 거동이 불편한 할머니와 어린 동생을 돌보는 소년 가장 10대
② 30년 교도소 생활을 청산하고 이제 막 출소한 할아버지 70대
③ 세계적인 명성을 떨치고 있는 국가 대표 축구 선수 20대
④ 쌍둥이를 임신한 지 7개월째인 20대 임산부
⑤ 어린 3남매를 키우는 홀어머니 40대
⑥ 평생 가난한 이웃을 위해 살아가는 목사님 50대
⑦ 밤낮없이 일하며 국민을 위해 봉사하는 국회의원 30대
⑧ 국내 대기업 회장의 5대 독자 외아들 5세

태봉은 헷갈렸다. 살아야 할 그들만의 이유가 있노라고 아우성
치는 것 같았다. 답이 쉬우면 문제로 나올 리 없다. 이런 문제는
누가 만드는지, 참 피곤한 머리들이다. 아이들이 우왕좌왕할 때
역시나 나대기 좋아하는 진석구가 제일 먼저 손을 들었다.

"첫 번째는 당연히 국내 대기업 회장 5대 독자 외아들 5세죠.
어차피 이 세계는 단 몇 프로의 리더에 의해 돌아가게 되어 있습
니다. 2대 8의 논리요. 대기업을 물려받아 이 나라 경제를 책임져
야 하기 때문에 1빼고요. 나라의 명예를 드높이는 운동선수의 경
제적 가치는 천문학적이라고 하잖아요. 박지성, 박찬호, 김연아

보세요. 그래서 국대 축구선수가 2빠고요. 3빠는 경제정책을 펼 수 있는 국회의원이라고 생각합니다."

"그럼 나머지 사람들은 죽어도 상관없다는 얘기인가요? 진석구 학생이 말한 생산성에 기준한 선택이군요. 그렇다면 그 생산성이 왜 필요한지 말해볼래요?"

진석구 말대로라면 경제적 생산성이 없는 것은 생명으로서 하등의 존중받을 권리가 없다는 것처럼 들렸다.

"그건 뭐 많은 사람들에게 혜택을 줄 수 있으니까요."

"많은 사람들에게 혜택을 줄 수 없는 사람은 살 자격이 없다는 뜻인가요?"

"아니요, 뭐 딱히 그건 아니지만. 아이씨~ 선생님이 고르라고 했잖아요. 나머지 사람들이 죽는다면 그들이 부양해야 할 사람들은 국가의 복지 정책이 있지 않나요?"

함께 토론을 벌였던 범생이 김진중이 손을 들었다.

"〈타이타닉〉이나 〈해운대〉 같은 재난 영화를 보면 약자부터 구합니다. 장애인이 가장 먼저고요, 노인이나 어린이 그리고 여자 순으로 구해야 합니다."

김진중의 말을 듣던 아이들은 그제야 정답을 알았다는 듯 감탄사를 연발했다. 김진중의 말에 문학샘이 덧붙였다.

"사람의 생명은 모두 소중합니다. 생명 앞에서 경중을 따져서는 안 되지요. 이 사회가 더 많이 보호하고 보듬어야 될 대상은 사회적 약자들입니다. 생산성을 따져 존재 가치의 경중을 따진다면 너무나 무서운 세상이 될 겁니다. 지금보다 더 경쟁은 치열해질 것이고 사람들은 유리한 자리를 차지하기 위해 불길 속으로 뛰어드는 불나방 같은 신세가 될 겁니다. 공멸이죠. 공멸이 아니라 공존하기 위해 우리가 어떤 생각을 키워야 하는지 생각해봤으면 좋겠습니다."

『대지』 이후로 진석구의 생각은 더 견고해진 것 같았다. 문학샘은 어떤 논리로도 통하지 않는 진석구를 절망적인 눈빛으로 바라보았다.

문학샘은 수업 종이 치기 전에 이렇게 한마디 덧붙였다.

"진석구 너는, 이 빌어먹을 자본주의가 만들어낸 괴물 프랑켄슈타인이야. 그래서 무섭다. 그리고 먼저 산 사람으로서 미안하다."

교실 안은 물 빠진 바닷가처럼 싸했다.

학교 행사로 야자가 없어 근수와 퀵클리쌩으로 향했다. 날이 훤할 때 학교 밖을 나온 게 얼마 만인지 모르겠다. 이제 좀 사람대접 받는다는 생각이 들었다. 근수는 문학샘 얘기를 했다.

"멋있어. 넌 문학샘 어떻게 생각하냐?"

근수가 태봉을 올려다보며 물었다.

"다른 꼰대들하고는 확실히 달라. 예쁘기도 하고."

"자식, 보는 눈은 있어가지고. 조금 있다가 문학샘한테 내가 만든 노래 보여줄라고."

이건 또 무슨 난데없는 소리인가? 노래라니? 태봉은 발길을 멈추고 근수를 바라보았다.

"내가 달뜨미에서 왜 서울로 왔는지 아냐? 랩을 하고 싶어서 온 겨."

"랩? 래퍼들이 치치푸푸하는 거 그거? 네가? 느려터진 그 말투로?"

의외였다. 입을 다물지 못하는 태봉을 바라보던 근수는 예의 그 속 모를 웃음을 흘린 뒤 손으로 입을 가리더니 푸치푸치붐붐 비트박스를 넣기 시작했다. 퉁방울만 한 눈에서는 빛이 나고 두툼한 입술이 불퉁거리기 시작했다. 손 모양새며 리듬을 타는 상체가 슬슬 시동을 거는 포즈가 제법 그럴싸했다.

나는 서울로 왔어 왔어

물설고 낯설어 질려 질려

할머니는 가지 말라 애원 애원

그렇지만 나는 포기할 수 없었어

내 귀에 속삭이는 리듬의 언어

그래서 무조건 서울로 고고씽~

고생 고생 개고생

누가 시킨 것도 아닌데 사서 고생

세상은 실망투성이

위로해준 건 음악

조금은 숨통이 트였어

랩으로 마음을 달랬어

얼마든지 참을 수 있었어

내가 원하는 걸 할 수만

할 수만 있다면

예~

틈만 나면 끼적거리던 근수의 모습이 떠올랐다. 태봉이 알은체
할 때마다 근수는 허둥지둥 감추기 바빴다. 근수가 딴사람처럼
보였다. 보통 촌놈은 아니라고 생각했지만 이렇게 자기만의 세계
가 있을 줄은 몰랐다. 하고 싶은 게 있다는 것, 태봉은 그게 어떤
기분인지 모르겠다.

"나는 내 고향 달뜨미가 좋긴 한데 갑갑했어. 거긴 말여, 들판
이 없어. 산으로 앞뒤가 꽉 막혀 있어. 동네 이름도 달 뜨는 것만
빼꼼하게 보인다고 달뜨미여. 6·25전쟁 때 피란민들이 눌러앉은
곳이라는데, 딱이여. 난리 통에도 폭격 한 번 없었다고 하니까. 내
가 서울로 올라오는 데 결정적인 역할을 한 건 내가 좋아하는 성
룡이 형이었어. 어느 날 형이 제초제를 먹은 겨. 성룡이 형은 전국
에서 알아주는 영농 후계자였어. 젊은 사람이 농업혁명을 꿈꾼다

며 TV에도 나왔으니깐. 근데 저농약, 친환경 농법을 과학적으로 한다며 농협 빚을 잔뜩 진 거여. 그 형이 내 롤모델이었는데 말여. 읍내의 농고를 나와 나도 성룡이 형처럼 되는 게 꿈이었는데. 성룡이 형 무덤을 보며 이건 아니다 싶었다. 그때 나를 가장 많이 위로해준 게 힙합이었어."

작달막했던 근수의 키가 갑자기 커 보였다.

"힙 힙, 힙합이 왜?"

태봉의 머릿속에 떼 부리며 날뛰는 망아지 한 마리가 그려졌다. 자신의 모습이 이렇게 훤히 내다보인 것도 처음이었다.

"힙합을 들으면 갑갑한 속이 뻥 뚫리는 것 같았어. 랩을 하며 내뱉는 말들이 시원했어. 신랄하거든. 욕도 써주는 게 랩이잖아. 음악을 듣는 동안 좀 자유인이 된 기분이 든다고 해야 하나? 뭐 그런 이유 같아. 불만을 속에 쟁여놓는 것이 아니라 중얼중얼해 버리면 그래도 속이 좀 풀리잖아. 울 할머니는 밥할 때마다 행주로 솥뚜껑 닦으며 중얼중얼하셨어. 주로 엄마, 아빠 욕이지만. 그래서 할머니 설득하기도 쉬웠어. 할머니가 매일 그러는 것처럼 나도 그래야 살 수 있다고 했어. 그게 직업이 될 수도 있다고 했더니, 누가 중얼중얼하는 거 가지고 돈 주냐며 결사반대하시는 겨. 그러더니 어느 날 할머니가 평생 모은 돈을 내 손에 쥐여주며, 네가 하고 싶은 거 하며 훨훨 날아댕기며 살라고……."

갑자기 근수의 목소리가 잦아들었다. 목이 메는 듯했다. 태봉은 근수의 얼굴을 흘낏 살폈다.

"우냐?"

"울긴, 인마. 내가 만든 우리 회사 노래 들어볼래?"

근수는 부러 목소리에 생기를 넣으며 너스레를 떨었다.

"뭐? 우리 회사?"

태봉은 다른 세계에 있는 근수를 담장 너머로 넘겨다보는 기분
이었다.

"우리 직장, 인마, 퀵클리쌩. 이런 걸 사가라고 하는 거다."

"또라이 새끼. 것도 만들었냐?"

하여간 오근수 엉뚱한 건 알아주어야 한다.

"하태봉 너 눈물 날 거다, 내 노래에 감동해서. 일종의 노동요
다, 짜샤. 한편으로는 졸라 서럽지만."

다시 근수의 눈빛이 달라졌다. 느려터진 충청도 말투는 씻은
듯이 사라지고 푸치치붐 붐붐티티 비트박스를 넣기 시작했다.

하~

나는야 오늘도 달린다

삼천 원에 목숨 걸고 달린다

바람을 가르고 차들을 제끼며

너도나도 매일매일 달린다

손안에 들어오는 건 삼. 천. 원.

그래도 기분은 째진다
바람보다 퀴크퀴크 퀵클리 쌩
예~

우리 인생은 퀴크퀴크 퀵클리 쌩~
예~

하~
죽을 때까지 달리는 게 숙명
파도처럼 덮치는 게 운명
그러다가 늘어놓는 게 변명
인생 뭐 있냐고?
즐겁게 사는 게 관건~
하고 싶은 거 하는 게 조건~
바람보다 퀴크퀴크 퀵클리 쌩

우리 인생은 퀴크퀴크 퀵클리 쌩~
예~

노래를 마친 뒤 근수는 씨익 웃으며 말했다.
"태봉아, 라임 쩔지 않냐?"

태봉은 오늘따라 근수의 키가 장난 아니게 커 보였다. 등을 구부리고 발을 올리고 손짓을 하며 랩을 하는 근수의 뒤통수는 혼자서 영글어가는 알밤이었다.

태봉은 왠지 기분이 가라앉았다. 그 이유는 모르겠다. 그렇지만 그건 근수로부터가 아닌 태봉 자신으로부터 스멀스멀 기어 나오는 스스로에 대한 점검 같은 거였다.

웜홀

요즘 들어 아버지는 밤마다 뛰었다. 전에 볼 수 없었던 일이다. 아버지도 잘나가던 때가 있었다. 그놈의 아이엠에프만 없었다면 아버지는 지금 대기업 부장은 달았을 거고 서울서 내로라하는 중산층 이상의 가정은 꾸렸을 거라고 한다. 아버지는 술이 진탕 취한 날에는 이 대한민국에 아이엠에프는 6·25전쟁이며 9·11테러이며 일본의 나가사키와 히로시마에 떨어진 원폭과 같은 거라고 했다. 아비는 원자병에 걸려 시름시름 죽어가고 있으며 그 병을 자랑스럽게 아들에게 물려주었다고 클클클, 한탄 같은 웃음을 흘리곤 했다.

그렇게 푸념하는 것도 한때였다. 어느 정도 시간이 지나자 아버지는 술도 마시지 않았고 구시렁대지도 않았다. 그야말로 몇 년째 옷장에 걸린 유행 지난 코트 신세였다. 구제 옷으로 내놓을 수도, 그렇다고 쓰레기로 처분해버리기에도 어정쩡한.

아버지가 잘나가던 직장에서 정리 해고 되자 엄마는 오히려 잘 됐다며 여행을 떠나자고 했다. 엄마는 아빠 앞에서 씩씩하려고 무진 애를 썼다. 직장 생활을 해야지만 먹고사는 건 아니지 않겠 냐며 오히려 엄마가 아버지를 위로했다. 그때까지만 해도 그랬다.

몇 달 동안 사업 구상을 한다며 아버지는 친구들과 옛 직장 동 료들을 만나러 다녔다. 그렇지만 세상은 영세 사업 초보자에게 결코 녹록지 않은 곳이었다. 집 담보로 대출을 받고 거기다 적금 부터 시작해 보험까지 해약하여 사업 자금을 마련해 일을 벌였지 만 손대는 것마다 실패하고 말았다.

일차적으로 엄마, 아빠는 말이 줄었으며 얼굴을 마주 대하지 않은 날이 많았다.

어느 날부터 엄마는 이모와 통화하며 울었다.

"내가 요새 뭘 느끼는지 아니? 예전엔 태봉이 노는 모습을 보 면 속이 꽉 차오르도록 흡족하고 흐뭇했는데 지금은 아니야. 네 형부 저렇게 된 후로 태봉이가 거실에서 놀고 있는 뒷모습이 얼 마나 무서운지 아니? 저것을 어떻게 키워야 하나, 머릿속이 아득 해지는 게 완전 공포야."

엄마는 바깥출입도 삼갔으며 외부와의 전화도 이모하고만 연결했다.

"점점, 태봉 아빠의 모습이 보이지 않아. 분명 집에 있는데도 그 존재가 흐릿해지고 있어. 이래도 되는 거니? 나도 몰라, 나도 어떻게 해야 할지 모르겠어."

모든 것이 바뀌어버렸다. 태권도 승급을 딸 때마다 외식을 하고 철마다 여행을 다니곤 했는데, 이젠 돌아올 수 없는 날이 되었다. 몇 년씩 도장을 다닌 형들을 제치고 초등부 대표로 뽑혀 전국대회 선수로 나갈 수 있는 태봉의 태권도 실력은 더 이상 빛을 발하지 못했다. 가장 먼저 손을 댄 게 도장을 그만두는 거였다.

태봉은 혼란스러웠다. 화사하고 따뜻했던, 4월의 벚꽃놀이 같던 집안 분위기는 물속에 가라앉은 것처럼 무거웠으며 갑갑했다. 심장과 세포 하나하나를 압박하는 수압을 견디지 못할 때 태봉은 집 밖으로 뛰쳐나가 거리를 배회했다. 화내는 일이 잦아졌고 조금만 건드려도 주먹이 먼저 나갔다. 학교에서는 초등 5학년인 태봉을 아이들은 물론 선생들도 무섭다고 했다. 자연히 공부와도 멀어졌다. 하루아침에 세상의 온도가 달라진 듯했다. 몹시 추웠다.

—야, 하태봉, 이거 너무 불공평하지 않냐? 왜 어린이날은 노는데 어버이날은 안 노냐?

아버지가 했던 작은 농담도 크게 들으며 왁자하게 웃던 아름다운 시절은 가버렸다.

어느 날 엄마가 떠났다. 숨 쉴 틈도 주지 않고 더 큰 구멍이 나버린 것이다. 그야말로 느닷없음의 연속이었다.

그 후 아버지는 몇 날 며칠 집에 들어오지 않았다.

배고픈 것도 참을 수 있었다. 아무도 없는 것도 참을 수 있었다. 견딜 수 없는 건 밤마다 찾아오는 어둠이었다. 까만 어둠이 코와 눈과 입과 귀를 틀어막았다. 숨이 막혔다. 어둠이 태봉의 몸뚱이를 친친 동여맨 뒤 부식시켜버려 어느 순간 삭아 내릴 것 같았다.

태봉은 제 팔다리를 만져보고 얼굴을 쓰다듬어보았다. 분명 물렁한 살이 만져지고 코로는 뜨거운 숨이 나왔다. 이렇게 실재하는데 왜 아무도 찾아주지 않는지, 왜 존재를 인정해주지 않는지 받아들일 수 없었다.

며칠이 지났을까. 쓰러져 있는 태봉을 본 아버지는 울었다. 미안하다는 말을 했지만 태봉의 귀에는 이미 들리지 않았다.

그 이후 태봉의 눈에도 아버지가 보이지 않았다.

요즘 들어 아버지는 옷이 흠뻑 젖을 정도로 땀에 절어 들어오는 날이 많다. 몸에서 김이 모락모락 났다. 아버지가 무슨 일을 벌이는지 알 수 없다. 뭐 별로 알고 싶지도 않지만.

1학년 들어 두 번째 모의고사가 끝났다. 별로 배운 것도 없는데 들입다 시험부터 보게 한다. 들어간 게 있어야 나오는 법인데, 무조건 테스트하여 전국 서열을 눈앞에 들이대니 다들 죽을 맛이었다. 태봉은 원체 자신은 트랙 이탈자라 생각했기 때문에 교문 밖으로 박차고 나갈 타이밍만 엿보고 있는 중이다. 그런데 그 시기가 생각보다 앞당겨질 것 같다. 그래서 그런지 학교의 시스템은 성가신 것투성이다. 뻑하면 시험에다 하지 말라는 것은 수십 가지인데 하라는 것은 딱 한 가지, 공부밖에 없다. 알 바 아니지만.

모의고사가 끝난 날은 그나마 야자를 면해주니 과분한 호사다. 허겁지겁 받아서 해 있을 때 교문을 나서게 된다. 또라이 담임은 근수 외에는 절대 야자를 빼주지 않았다. 근수가 어떤 하이 꼼수를 부렸는지 알 수 없다. 아이들은 어떻게 구워삶았냐며 부러워 죽을 지경이지만 근수만 한 설득력을 가진 아이는 없는 모양이다. 다른 아이들은 학원이다 뭐다 하며 부모를 대동해 요구해도 담임은 꿈쩍하지 않았다. 담임의 무식한 뚝심은 알아주어야 한다.

근수는 퀵클리쌩 사무실 앞 공터에 손바닥만 한 텃밭을 일구고 있다. 어제는 하루 종일 봄비가 사부작사부작 내렸다. 근수는 땅이 부드러워진 틈을 타 배추를 솎아줘야 한다며 일찍 학교를 나섰다. 좀 있다 퀵클리쌩에서 보기로 했다.

근수는 볼수록 알 수 없는 놈이었다. 호미 들고 랩 하는 농부는 처음 봤다며 삼촌이 박장대소를 했다. 근수는 생활비를 줄이기 위한 궁여지책이라고 했다. 남의 집 밭일로 받은 할머니 품삯에 손 댈 수 없다고 했지만 향수병을 달래기 위한 것이기도 했다. 비 오기 전, 땅 내음이 물씬한 날이면 고향 달뜨미에 가고 싶어 몸살이 날 것 같다고 말하자 삼촌이 턱짓으로 사무실 앞 자투리땅을 가리키며 저거라도 주물러보면 안 되겠나? 해서 시작된 농사였다.

상추 씨와 배추 씨를 뿌리자 텃밭에서 거짓말처럼 싹이 올라왔다. 연둣빛 촉이 땅 위로 올라오자 형들도 삼촌도 세상에서 처음 보는 기현상인 듯 신기해했다. 태봉만 쉬지근하니 보는 둥 마는 둥 했다.

형들은 작은 포트에 든 모종을 하나둘 구해 근수에게 건넸다. 방울토마토, 오이, 고추, 딸기, 가지……. 근수는 모종만 보고도 어떤 작물인지 알았다. 퀵클리 식구들은 다들 근수에게 전염된 듯 오가며 텃밭에 인사를 했다. 삼촌은 고놈들 바라보는 재미도 쏠쏠하데이, 하며 헤벌쭉 입이 벌어졌다. 밭뙈기는 그야말로 손바닥만 한데 모종의 종류는 웬만한 백화점 냉장고에 들어 있는 야채 가짓수 못지않았다.

태봉은 복도를 걸어가며 서녘 하늘을 바라보았다. 저녁 해는 홍시가 터진 것처럼 흐릿하게 퍼져 구름에 가려 있다. 어제 비 온 것도 아랑곳없이 대기는 희뿌옇다. 엄마는 노을을 참 좋아했다. 노을이 좋은 날은 "오늘은 노을이 참 곱다"라고 혼잣말을 하곤 했다. 지금은 다 식어빠진 찐빵 같은 얘기지만.

교실을 나서 회양목이 둥그렇게 서 있는 장미 정원을 지날 때 한 무리의 여학생들이 보였다. 발을 동동 구르는 아이도 있었고 무리에서 뛰쳐나와 어딘가로 달려가는 아이도 있었다. 물에 빠진 사람이라도 있는 듯 다급해 보였다. 또 다른 아이들은 뭔가를 둥그렇게 감싼 채 화단 난간 앞에 반원 모양으로 서 있다. 장마에 집 떠내려간다고 허둥대는 개미 떼처럼 와자글했다.

태봉은 여학생들 사이를 넘겨보다 회양목을 쓸어 덮으며 축 늘어진 윤슬아를 보게 되었다. 아이들이 아무리 흔들어도 슬아는 눈을 뜨지 못했다.

'저 싸가지는 왜 뻑하면 쓰러지는 거야 대체. 슬아가 아니라 아슬아슬이구만.'

아이들 몇 명이 부축하려 했지만 이미 늘어진 슬아의 몸을 추스르기에는 턱도 없었다. 슬아의 옷매무새는 엉망이었다. 치마를 입었기 때문에 자칫하다간 못 볼 꼴을 보이겠다는 생각이 들었다.

태봉은 가방을 앞으로 돌려 메고 슬아 앞에 등을 들이댔다. 아이들은 구세주라도 만난 양 태봉의 등에 슬아를 넙죽 업었다. 끙, 소리가 절로 비어져 나왔다. 두 다리가 휘청했다. 겉보기엔 말라깽이 같은데 늘어져서 그런지 장난이 아니었다. 원래 한번 재수 없는 건 끝까지 재수 없는 법이다. 일단 보건실로 향했다. 3층에 있는 보건실에 다다르자 양쪽 허벅지가 뻑지근했다. 태봉의 등에 업혀 온 슬아를 보자 보건샘도 아까 개미 떼의 일원처럼 호들갑을 떨었다. 태봉은 인상을 쓰며 침대 위에 슬아를 눕혔다.

"숨은 고르게 잘 쉬고 있으니까 5분 정도만 기다려 보세요. 그래도 별 반응이 없으면 구급차 부르시고요."

태봉이 보건실 문을 나서자 개미 떼들과 보건샘은 그간의 경위를 얘기하고 듣느라 또 한 번 왁자글댔다.

태봉은 퀵클리쌤으로 향했다.

근수는 텃밭에 쭈그려 앉아 호미질을 하고 있다. 근수가 태봉을 보자 지렁이 한 마리를 들어 올려 발치로 던졌다. 지렁이는 태봉의 운동화 끈 위에 척 들러붙었다. 늘어졌던 지렁이는 이내 꿈틀했다. 태봉은 식겁하며 펄쩍 뛰었다. 근수는 희죽거리며 한마디 보탰다.

"야, 하태봉이 무서워하는 건 지렁인게 비네. 머리가 하늘에 닿겠다. 히히히."

태봉은 할멈처럼 쪼그려 앉아 밭을 매고 있는 근수를 동그랗게 말아 번쩍 들어 올렸다.

"까불다 죽는 수가 있다. 너 지렁이 회 못 먹어 봤지?"

"야, 자식, 드럽게 힘은 세네. 넌 힘도 세면서 왜 그 힘 쓸 생각을 안 하냐?"

태봉은 근수의 말을 듣자 힘이 쭉 빠졌다. 내동댕이치듯 근수를 바닥에 던졌다.

"뭔 말이야, 인마. 주먹질이라도 하란 말이야? 이제사? 경찰 삼촌 있다고 뻥까지 쳐놓은 새끼가."

"야, 하태봉, 넌 그게 한계여. 힘이 꼭 주먹을 말하는 건 줄 아냐? 너는? 힘이 영어로 뭐여? 에너지 아녀, 에너지. 넌 니 넘치는 에너지를 왜 죽이느냐고. 왜 그 에너지를 툴툴거리는 데에만 쓰냐고?"

태봉의 눈에서는 불똥이 튀는 것처럼 열이 뻗쳤다. 태봉은 근수의 멱살을 틀어쥐었다.

"잘난 체하지 마, 새꺄! 니가 뭘 안다고 훈계질이야? 상대해주니까 머리 꼭대기서 놀고 자빠졌네, 촌놈의 새끼가."

"그래, 나 촌놈이다. 촌놈이 뭐 니들 서울 놈들한테 해 끼친 거 있냐? 인마, 지금 너 하는 짓을 봐. 성질부터 욱욱대기는."

태봉과 근수는 서로 멱살을 잡은 채 한동안 노려보기만 했다. 그때 사무실 문이 열리며 고래 삼촌의 목소리가 화통 터지듯 마당에 쏟아졌다.

"비싼 밥 처묵고 하는 짓 좀 보소, 저 상놈의 새끼들. 어디서 처싸우고 지랄들이고 어이? 근수 니는 매던 밭이나 매고 태봉이 니는 퀵 한번 갔다 온나. 퍼뜩 안 움직이나?"

삼촌은 쪽지를 건네며 화난 목소리로 물었다.

"태봉이 니, 하이바 꼭 쓰제?"

태봉은 액셀을 신경질적으로 당긴 다음 근수를 지나 달렸다. 근수의 말에 그렇게 핏대가 오른 이유가 뭔지 모르겠다. 꼬챙이로 곪은 데를 찔린 것처럼 펄쩍 뛴 꼴이었다. 안 그래도 근수를 보며 자신은 투정만 부렸다는 생각이 들던 차였다. 나 이렇게 살

앉아, 어쩔래. 내가 툴툴거리는 건 당연한 거야. 몇 날 며칠 깜깜한 어둠 속에 버려져본 적 있어? 없음 입 닥치고 있어! 그렇게 세상을 향해 미친개처럼 왕왕 짖어댄 꼴이었다. 왠지 모르게 졸라 쪽팔렸다.

빌딩 숲을 한바탕 휘몰아 달리자 기분이 좀 나아졌다. 태봉의 마음을 알아주는 건 오토바이 적토마뿐이다. 새삼 고마웠다. 삼촌 말처럼 무생물하고도 교감할 수 있다는 게 놀라웠다. 야생마를 잘 조련하면 준마가 될 수 있다고 한 것처럼 태봉은 점점 적토마와 한 몸이 되어가는 것을 느꼈다.

슬아가 눈을 떴을 때 하얀 보건실 벽이 보였다. 어떻게 이곳까지 왔을까. 아무 기억도 없다. 지난번보다 더 깊은 나락으로 떨어진 기분이었다. 장미 정원 회양목 울타리에 기댔지만 허방이었다. 이내 소용돌이 속으로 빨려드는 것처럼 걷잡을 수 없이 나락으로 떨어졌다. 몸은 물먹은 솜이었다. 무거워서 옴짝달싹할 수 없었다. 그런 기분도 잠시, 암전된 듯 아무것도 보이지 않았다.

인터넷을 뒤져보고 의학 서적을 찾아보니 기면증과 증세가 같았다. 처음엔 말도 안 된다며 도리질을 쳤지만 시시때때로 몸이 고스란히 증명해주었다. 이 판국에 기면증이라니. 아무리 의지를 사른다 해도 속수무책 아닌가. 수시로 쳐들어오는 잠 앞에 누군들 당해낼 수 있을까.

보건샘이 반색을 하며 슬아의 이름을 불렀다. 옆에 있던 영지가 그간의 일을 알려주었다. 또 하태봉이란다.

"슬아야, 병원 가보자."

보건샘은 한없이 처진 눈꼬리로 말했다.

"병원에 갔다 왔어요."

"병명이 뭐니?"

슬아는 침대에서 일어나 옷매무새를 만지며 차갑게 대답했다.

"병명 같은 거 없어요. 병 아니에요."

슬아는 고개를 까딱한 후 보건실을 나왔다. 영지가 쫓아오며 왜 그런 거냐고 다그쳐 물었다. 들은 체도 하지 않았다. 불쾌했다. 이렇게 하나둘 알아가다간 분명 엄마 귀에도 들어가게 될 것이다. 위장이 쪼그라드는 것처럼 아파왔다.

운동장을 가로질러 걸었다. 흐릿한 석양빛이 모래알 위에 알알이 들어와 박혔다. 슬아는 모래알을 발로 툭툭 찼다. 증세가 벌어지기 전의 상황을 곰곰이 되짚어보았다. 발작 전에 반드시 엄청난 스트레스를 받는다는 것이다. 인터넷 검색에도 기면증의 원인은 스트레스라고 했다. 스트레스가 지나치면 몸이 자동으로 로그아웃 해버리는 것이다. 일종의 보호 본능 같은 것. 몸은 그럴 만한 그릇이 못 되는데 욕망의 게이지가 자꾸 올라가 감당이 되지 않을 때 몸이 백기를 들고 항복하는 것. 생리적으로 깨어 있게 하는 호르몬, 하이포크레틴이 부족해 생기는 신경계 질환이라고 했다.

지난번 독서실에서 나왔을 때도 풀리지 않는 수학 문제 때문에 스트레스가 이만저만이 아니었다. 그리고 오늘은 모의고사가 있었다. 엄마는 지난달 모의고사에서 전국 7등밖에 못했다며 자랑인지 불평인지 모를 말을 전화기에 대고 늘어놓았다. 학교에서도 교장은 물론 학년 주임에 학과 담임들이 죄다 모인 자리에 슬아를 불러놓고 전국 1등으로 올려보자고 서로 결의를 다지기도 했다.

오늘 아침 시험 보기 전 이상한 증세가 있었다. 머릿속이 새하얗게 비워지는 느낌이 들었다. 언어 영역 첫 시간부터 땀이 나기 시작했다. 한증막에 들어앉은 것처럼 심장이 갑갑했다. 배가 아팠다. 항문이 무지근해지며 곧바로 큰 게 나올 것 같았다. 엉덩이에 힘을 주며 가까스로 참다가 휴지를 들고 교실을 뛰쳐나오고 말았다. 시간이 모자라 막판 다섯 문제는 찍고 말았다. 언어 영역을 망쳤으니 전국 선두에서 일찌감치 멀어진 건 뻔한 거다. 시간을 되돌리고 싶었다. 그럴 수만 있다면 영혼이라도 팔고 싶었다. 초조함이 온몸을 감쌌다. 신경은 극도로 날카로워져 미세한 소리에도 움찔움찔했다.

시험이 끝나고 국어쌤이 상담실로 불렀다. 새 답안지를 내밀며 다시 작성하라고 했다. 배가 아프지 않았다면 제대로 나왔을 거라면서. 구세주였다. 한 치의 주저함도 없이 마킹을 하고 상담실을 나섰다.

복도 창밖으로 단풍나무의 연초록 새 잎이 햇살에 얼비쳐 투명하게 흔들리는 것이 보였다. 맑고 깨끗했다. 거짓은 먼지만큼도 허용하지 않을 것 같은 투명함이었다. 그때 께름칙함이 등덜미를 낚아챘다. 지금까지의 1등 자리가 모두 허위 같은 생각이 들었다. 누군가에 의해 조작된, 아니면 조정된.

모의고사 보기 전보다 더 심한 울렁증이 일었다. 토악질이 났다. 변기를 붙잡고 눈물이 쑥 빠지도록 끈적한 위액을 토해냈다. 그 후 하교를 하던 중 스위치가 내려져 쓰러지고 만 것이다.

슬아는 하태봉에게 문자를 보냈다.

얘기 들었어.

고마워. 그렇지만 불쾌해, 몹시.

잠깐 좀 볼 수 있니?

슬아는 지난번 하태봉과 처음 대면했던 버스 정류장에 앉았다. 태봉에게선 좀처럼 답이 오지 않았다. 지난번 태도로 봐서 하태봉은 매너 실종 스타일이다. 문자 같은 건 씹을 확률이 높다.

바람이 불었다. 치맛자락이 날렸다. 바람은 부드러운 것으로만 채워진 양 푹신한 온도였다. 눈을 감았다. 손가락을 벌리자 바람의 양감이 예민하게 느껴졌다. 차라리 바람이 되어 사라지고 싶다는 생각이 들었다. 상담실에서 새 답안지 작성하던 모습이 떠오르자 진저리가 쳐졌다. 국어샘과 자신만 아는 일이라고 아무리 되뇌어도 덫에 걸린 것 같은 아득함이 사라지지 않았다. 어느새 해는 뉘엿뉘엿 꼬리를 감추고 있다. 또 다른 우주에 사는 자신은 지금 무얼 하고 있을까. 엄마 뱃속에 있을지도, 아님 엄마 품에 안겨 젖을 오물오물 빨고 있을지도.

가방 속에서 아침에 오려둔 신문 기사를 꺼냈다.

'순식간에 땅이 훅~ 꺼지다. 도심 속 거대 구멍 발생'이 표제로 실린 기사였다. 바로 아래에는 '구멍에 빠진 것으로 확인된 음식점 배달원, 오토바이와 함께 실종'이라는 리드 기사가 나와 있다.

어제저녁 한순간에 6차선 도로에 구멍이 뚫렸다. 지름 36.5미터나 되는 큰 구멍이었다. 땅이 눈 깜짝할 사이에 꺼져버린 것이다. 도로 공사는 처음 있는 기현상이라며 원인 파악을 위해 당분간 구멍을 메우지 않겠다고 했다. CCTV 분석 결과 분명 오토바이 한 대가 구멍에 빠졌는데 오토바이와 운전자는 보이지 않고 철가방만 20미터 구멍 속에 나뒹굴었다고 했다. 인권위는 실종 처리된 배달원의 생사가 밝혀지기 전에는 구멍을 메워서는 안 된다고 발표했다.

사라진 것이다, 오토바이와 배달원이.

어디로 간 것일까. 슬아는 그 구멍이 어딘가로 통하는 문일 수도 있다는 생각이 들었다. 절묘한 속도와 타이밍에 의해 빛과 같은 빠르기로 어떤 문이 열렸을지도 모른다. 무한대의 우주 속에 똑같은 우주가 여러 개 있다면 알 수 없는 힘에 의해 다른 우주가 끼어들 수도 있지 않은가.

아니면 그 순간, 배달원과 오토바이의 원자 정보가 스캔되어 전송되고, 새로운 장소에서 원자가 다시 결합되는 형태로 공간 이동했을 수도 있다. 구멍으로 떨어질 때 오토바이와 배달원은 완전히 분해되어 전송된 후 제3의 장소에 재조립되어 나타날 수도 있는 것이다.

슬아는 인터넷을 통해 CCTV에 찍힌 동영상을 반복 재생해 보았다. 화면에는 격한 빠르기로 달리던 오토바이가 구멍 한가운데 붕 떠 있다가 사라졌다. 구멍은 시치미를 뚝 떼고 아무렇지 않게 고요했다. 20미터 아래서 오토바이와 함께 운전자가 나올 수 있는 확률은 제로이다. 구멍은 오려낸 듯 수직으로 나 있다. 엄청난 자기장에 의하여 들려 나오거나 다른 곳으로 빠져나가지 않았다면 가능하지 않는 일이다.

슬아는 당장이라도 그곳에 가보고 싶었다. 하태봉이라면 데려다 줄지도 모른다는 생각이 들었다. 지난번 버스 정류장에서 마주했던 하태봉의 눈빛을 잊을 수가 없다. 한 사람의 눈빛 속에 저렇게 많은 것이 담겨 있을까 싶었다. 어찌 보면 비열하고 악랄한 양아치 같은 너절함이 보이고, 어찌 보면 타협이라고는 전혀 없

는 금속성의 정의로움이 보이고, 또 어찌 보면 가장 단순하면서
도 순박하기 이를 데 없는 순수함이 엿보였다. 쉽사리 짐작할 수
없는 눈이었지만 슬아는 왠지 태봉의 가장 단순하면서도 순박하
기 이를 데 없는 순수함을 믿고 싶었다. 근거를 대라면 그냥 막연
한 감이라고밖에 할 수 없다.

태봉은 슬아의 문자를 보고 헛웃음을 날렸다. 그러면 그렇지,
차라리 말이나 말지. 윤슬아인지 윤아슬인지 이것도 사람 긁는
데에는 한 경지에 오른 인물이다.
　'고마우면 고마운 거지, 뭐가 불쾌하다는 얘기야? 씨발. 볼 수
있냐고? 봐서 뭐 어쩌게? 재수 없게시리.'
　태봉은 침을 칵 뱉어버렸다. 윤슬아에 대한 생각을 깡그리 쓸
어내고 싶었다.
　사무실로 향하다 버스 정류장에 앉아 있는 윤슬아를 보았다.
피하고 싶은 것들은 왜 유달리 눈에 띄나 모르겠다. 태봉은 더 속
도를 내었다. 방방방~ 신경질적인 액셀 소리는 길 가는 사람들
의 시선을 한껏 잡아당겼다.
　근수는 퀵을 나가고 없었다. 방금 전의 드잡이가 떠올라 찜찜
했다. 근수가 손질해놓은 텃밭은 분야별로 잘 정돈된 책꽂이처럼
정확하게 구획되어 갈무리돼 있다. 하는 짓이라곤 영락없는 쫀쫀
한 할망구다. 사무실에 들어가 삼촌이 하는 게임을 아무 생각 없

이 바라보았다. 얼마나 지났을까.

"바라, 니 찾아온 손님 아이가?"

삼촌이 턱으로 출입문을 가리키며 물었다. 태봉은 기겁을 했다. 현관문 중앙에 까만 실루엣이 떡 버티고 있었다. 말없이 태봉만 주시한 채. 슬아는 눈 하나 깜짝하지 않고 태봉을 쏘아보았다.

"하이고 마, 요즘 아그들은 와 이리 드세빠졌는지 내사마 몰르겠다. 다들 보통 물건들은 아이다."

삼촌은 슬아와 태봉을 번갈아 보며 중계 방송하듯 말했다. 태봉 또한 뻑하니 바라보기만 했다. 아무 생각도 나지 않았다.

"하이고, 뭔 일이고? 느그들 싸웠나? 태봉이 이노무 자슥은 오나가나 싸움질만 하는 놈이가? 성별은 가려서 싸우그라 이놈아야. 되나가나 우째 이리 좌충우돌이고? 빨리 나가봐라, 심란 고만 떨고, 어이."

그제야 태봉은 슬아를 향해 말했다.

"무슨 볼일이라도 있으십니까?"

태봉은 처음 보는 사람 대하듯 깍듯하게 물었다.

"볼일 있다고 했잖아."

슬아의 목소리는 짜랑짜랑하게 날이 섰다. 이게 어디서, 하여간 말하는 싸가지 하고는, 주먹을 부르는 말본새다. 태봉은 사무실을 빠져나와 걸었다. 슬아가 따라오건 말건 체육공원으로 향했다.

"무슨 볼일인데?"

태봉은 가던 길을 멈추고 퉁명스레 물었다. 무작정 따라오던 슬아가 멈칫했다.

"넌 아주 매너가 꽝이구나. 문자 씹는 건 아무것도 아니겠지만."

슬아는 숨을 고르며 말했다.

"난, 너같이 재수 없는 애한테 볼일 없거든."

태봉이 비아냥거리며 말했다.

"내가 볼일 있다고 했잖아."

슬아는 땅벌처럼 쏘아붙였다.

"아유~ 그러셔? 대체 그 볼일이라는 게 뭔지 얘기나 한번 들어보자. 앉아라."

태봉은 은행나무 아래 벤치를 가리키며 말했다.

"어쨌든 오늘, 고마웠다. 의도한 건 아니지만 연거푸 두 번이나 신세를 졌네. 정식으로 고맙다고 얘기하고 싶었어."

슬아의 목소리는 아까와는 다르게 가시를 세우지는 않았다.

어절씨구리, 어쩐 일로 그렇게 고분고분 나가셔~. 태봉은 두어 번 목소리를 가다듬은 후 물었다.

"음음, 그래 뭐 어쨌든. 그 말이냐? 볼일이라는 게?"

"한 가지 부탁이 있어."

태봉은 발끝으로 그루터기를 툭툭 차다 슬아의 얼굴을 바라보았다. 아까와는 얼굴 때깔이 달랐다. 발그레 상기되어 있다. 저녁 어스름이 내리자 슬아의 얼굴은 더욱 도드라졌다. 태봉은 고개를 돌리며 말했다.

"뭐, 또 못 본 일로 해달라고? 넌 돌대가리냐? 우리 학교 애들 반은 쓰러진 너를 봤을 거다, 아마. 그 애들 입을 일일이 돌아다니며 막을 거냐?"

태봉은 도대체 말이 되는 소리를 하냐는 듯 핏대를 올렸다. 이미 벌어진 일을 어쩌라고? 가리고 쓸어 덮는다고 하여 없던 일로 되겠냐?

"그게 아니야."

슬아는 태봉의 시선을 비끼며 또박또박 말했다.

"함께 가줬으면 하는 곳이 있어."

"나? 나랑? 내가 왜? 그것도 너랑?"

이게 무슨 날벼락 같은 소리인지 모르겠다. 도와준 사람의 순수한 마음을 알아주기는커녕 이렇게 성가시게 군다면 달리는 차 앞에서 쓰러진다 하더라도 못 본 척하는 게 상책이라는 생각이 들었다.

"너, 평행 우주 이론 들어봤지?"

슬아는 태봉을 어르듯 부드러운 말투로 물었다.

"뭐? 우주 뭐? 몰라, 몰라. 나 그딴 거 모르거든? 그리고 한 가지 알아둬라. 나 무지하게 무식하거든. 니들 세계에서 쓰는 용어는 전혀 알아듣지 못하니까, 나한테 씨불일 생각은 아예 접으시는 게 좋을 거다."

재수 없게 어디서 뭔 이론 같은 걸 설명하려 들어. 태봉은 슬아를 위아래로 훑으며 미처 하지 못한 말을 속으로 뇌까렸다.

"됐지? 이제 나한테 볼일 없는 거다. 말 통하는 니들 부류 잡아서 얘기해라. 나같이 무식한 애 데리고 속 끓이지 말고. 그럼 나 간다."

태봉은 벤치에서 일어났다.

"앉아. 내 말 안 끝났거든."

슬아는 또다시 날을 세웠다.

"에이, 빡쳐, 증말. 어디서 앉으라 마라 지랄을 떠냐?"

태봉은 사내 새끼 같았으면 벌써 주먹이 올라가도 열 번은 올라갔을 거라고 생각했다.

"으이구~ 이걸 확~ 팰 수도 없고. 아, 어쩌라고?"

태봉은 올린 손을 어쩌지 못해 주먹을 그러쥐었다. 그러거나 말거나 슬아는 가방에서 뭔가를 꺼내느라 태봉의 주먹 같은 건 쳐다보지도 않았다.

"자, 이거. 이거 한 번만 봐줘."

윤슬아가 내민 건 신문 쪼가리였다.

"돌겠다, 증말. 너 뭐 하냐, 지금? 나한테 왜 이러는 건데? 너 지금 나 공부시키냐? 아님, 테스트하는 거냐?"

"부탁이야."

슬아의 목소리는 착 까라졌으며 단호했다. 왠지 거절하면 그 자리에서 목맨다고 할 것 같았다. 태봉은 신문지 조각을 들여다보았다. 아스팔트 도로 한가운데 거대한 구멍이 뚫린 흑백사진이었다. 어제 뉴스에서 본 거다. 살다 보면 이렇게 황당하게 죽을 수도 있겠구나 생각했지 크게 관심을 두진 않았다. 한편으로는 그렇게 훅 가는 것도 그다지 나쁘지 않겠다고 생각했다. 어차피 언젠가 한 번은 죽을 것이고, 지구도 언젠가는 멸망할 것이기 때문이다. 태봉은 머리기사 아래로 눈이 닿았다. 오토바이 운전자가 사라지다니. 뭐야, 아직도 시체를 못 찾았단 말이야? 만약 그 시간대에 근수나 태봉이 퀵을 나가느라 액셀을 올리며 달렸다면 실종자는 태봉이나 근수가 될 수도 있는 거였다. 사라지다니, 대체 어디로 사라졌다는 말인가.

"그곳에 데려다 줘."

슬아는 철없는 누이동생이 오빠에게 보채듯 당연한 투로 요구했다.

"내가 왜?"

그야말로 어이 실종이다.

"모르겠어, 나도. 왜 너인지는. 그렇지만 가장 먼저 떠오른 게 너였어. 너라면 데려다 줄 수 있을 것 같았어. 오토바이로."

슬아는 땅거미가 내리기 시작한 허공을 바라보며 말했다. 나무들의 형체는 더욱 까매졌고 대기는 검회색빛으로 변해갔다. 빛이 사라지고 어둠이 내리는 어중간한 순간이다. 빛의 잔영을 미약하게 붙들고 있을 때 구름은 까맣고 하늘은 형광빛으로 하얗게 발색된다. 그 경계의 순간에 사물은 오히려 제 모습을 가장 도드라지게 사른다. 슬아는 이 시간을 무척 좋아한다. 아득하면서도 편안하며 조금은 만만한 시간. 그런데 그것은 삽시간에 사라진다. 빛과 어둠이 교차하는 경계, 그때쯤 가로등에는 낮은 조도의 불빛이 들어온다.

바로 이 시간이 하늘과 땅이 얘기하는 시간이 아닐까. 이 우주와 또 다른 우주가 통할 수 있는 시간. 어스름 녘, 그 시간에는 모든 것이 가능할 것 같았다. 가장 그리워하는 사람을 가장 그리워지게 만드는 시간, 새들도 둥지를 찾아 날개를 돈치는 시간, 어린아이가 엄마를 찾으며 집을 향해 우는 시간, 떠도는 사람들이 가장 많이 집으로 돌아가고 싶은 시간. 치매 걸린 노인이 반짝하고 제정신으로 돌아오는 시간, 어떤 것으로도 숨길 수 없는 본능적인 시간인지도 모른다. 살아온 날 중 가장 회한이 남는 순간을 떠올릴 수 있는 유일한 시간인지도 모른다.

꼭 이 시간이었다. 오토바이가 사라졌던 순간은.

가로등 불빛의 조도는 서서히 높아졌다.
"참 내, 아주 배 째라 식으로 드러눕는구만. 야, 워낙 너네 동네 애들은 그런 식이냐? 내가 하고 싶은 건 뭐든 다 들어줄 것처럼 세상이 그렇게 만만하게 보이냐?"

슬아는 허공에서 시선을 거두며 태봉을 쏘아보았다.

"데려다 줘, 데려다 달란 말이야~ 이 시발 놈아~."

슬아의 목소리는 허공을 날카롭게 그었다. 숫제 발악을 했다. 게다가 욕까지.

"아주 지랄 발광을 하세요."

태봉은 헛웃음만 비어져 나왔다. 어째서 저 아이한테 욕까지 얻어먹어 가며 이 앞에 있어야 하는지 황당하기만 했다.

"시간이 많지 않아. 원인을 밝혀내면 곧 그 구멍은 메워질 거야. 그러면 끝이야."

슬아는 다급하게 몰아붙였다.

"돌겠네. 도대체 거긴 왜?"

"가보면 분명 뭔가 발견할 수 있을 거야. 사라진 배달원 말이야. 어떤 시간 차를 통해 다른 곳으로 이동했을 가능성이 커."

하, 뭔 소리래? 태봉은 혼잣소리가 절로 나왔다.

"미친 거 아니니? 말이 되는 소릴 해라. 오토바이와 운전자는 철가방 무게와는 달라. 그렇다면 중력의 세기도 다르겠지. 구멍 속의 구멍이라든가, 지하수 물살에 휩쓸려 실종됐을 가능성이 크지. 뭐? 시간 차 이동? 말이 되는 소릴 해라."

"나도 그렇게도 생각해봤어. 그런데 도로가 무너졌을 때 이미 구멍 바닥은 원천적으로 봉쇄되었고 오토바이는 무너지는 순간이 아니라 무너지고 약간의 시간이 흐른 뒤 구멍 위를 달렸기 때문에 사라질 수 있는 시간이 거의 없었어."

"그러니까 말이 안 된다는 거야. 다른 곳으로 이동했을 거라는 건."

"그렇담 어떤 흔적이라도 구멍 속에 있어야 하잖아. 세상엔 우리 눈에 보이지 않는 어떤 힘이 작용할 때가 많아. 우리 눈에 보이는 것이 다가 아니야. 우주를 이루는 입자들 사이에는 수십 광년의 거리가 있지만 그것들끼리는 고리로 연결되어 있다고 했어. 이곳에서 작은 힘을 가하면 아주 멀리까지 영향을 줄 수 있다는 거야. 거꾸로 다른 우주의 어떤 힘이 지금 우리에게 영향을 주었을지도 모르는 거야. 그래서 구멍 속 배달원이 다른 세계로 이동할 수도 있는 거지."

"아이, 씨발. 머리 아파 죽겠네. 그게 뭐? 음식점 배달원이 니 아빠라도 되냐? 사라지건 말건."

"아까 얘기했던 평행 우주 이론이나 공간 이동이 실제 일어날 수도 있다는 얘기야."

"뭐? 그건 또 뭐야?"

"우리가 살고 있는 우주 말고 똑같은 우주가 어딘가에 또 있다는 이론이야. 우주는 무한대이기 때문에 확률적으로 따져보면 얼마든지 가능해. 모든 물체는 원자의 결합으로 이루어지기 때문에 똑같은 원자의 결합도 얼마든지 가능하다는 얘기야. 그러니까 이 우주 어딘가에 나와 똑같은 사람이 존재할 수도 있다는 거야. 내가 알지 못하는 어딘가에 내가 또 다른 모습으로 존재한다고 생각해봐. 조금 위로가 되지 않니? 지금의 나와는 다른 선택을 하면서 말이야. 그걸 확인할 수 있는 문이 분명 어딘가에 있을 거야. 이곳이 그 문일지도 몰라."

태봉은 오른손 검지로 관자놀이 부분을 뱅뱅 돌렸다. 머리가 지나치게 좋으면 맛이 가는 경우가 있다던데 아무래도 그 짝이 난 것 같았다.

"너 아주 돌았구나. 너 가끔 귓속에서 삐이~ 하고 우주인이 교신하자는 소리는 안 들리냐?"

슬아는 고개를 수그리고 있다가 재빠르게 쳐들며 악을 썼다.

"장난하지 마. 누군가는 재미로 하는 장난이 상대를 죽일 수도 있는 거야. 너, 내 말 허투루 들었다간 사람 하나 죽어나가는 꼴 볼지도 몰라. 알아?"

슬아의 두 눈은 튀어나올 것처럼 비장했다. 저러다 또 발작이 일어나 오프해 버리면 태봉 자신만 곤란해질 거라는 생각이 들었다.

"지금 이대로 있다간 더 돌 거 같아서 그래. 이대로 미쳐버리기 전에 무슨 수를 써야 할 것 같아서 그래~."

슬아는 울음 섞인 목소리로 소리쳤다. 고민거리라고는 아무것도 없이 잘나갈 것 같은데 그렇지 않은 모양이다. 하긴 자리는 빼앗는 거보다 지키는 게 더 어려운 법이다. 태봉은 새삼 트랙도 차지하지 못한 자신이 오히려 뱃속 편하다는 생각이 들었다. 굳이 사수하려고 피를 말리지 않아도 되고 뭐가 되려고 아등바등하지 않아도 되니, 아무것도 되고 싶지 않은 것도 그런대로 괜찮다는 생각이 들었다. 근수한테 쪽팔렸던 게 조금은 덮어지는 것 같았다.

"지금 가야 되냐? 너, 퀵비는 줄 수 있지? 삼촌이 그냥 오토바이를 내주진 않아."

"얼마든지."

슬아에게 하얀색 작은 헬멧을 씌워주었다. 턱의 끈을 조여줄 때 슬아의 볼에 태봉의 손등이 스쳤다. 슬아는 빠르게 눈길을 돌렸다. 슬아의 동그란 눈만 반짝거렸다. 태봉은 슬아에게 꽉 잡으라고 말했다. 슬아는 태봉의 허리를 껴안으며 머리는 태봉의 등에 찰싹 붙였다. 힘이 잔뜩 들어간 슬아의 몸이 느껴졌다. 그런데도 물컹했다.

"오토바이 처음이냐?"

"음, 좀, 긴장돼."

"긴장 정도가 아닌데~."

태봉은 속으로 고소하다는 생각이 들었다. 데려다 달라고 발악을 할 때와는 다르게 쪼그라든 슬아의 모습에 실실 웃음이 새어나왔다.

"숨 좀 쉬자, 좀. 허리를 그렇게 조이면 되냐?"

슬아의 손이 태봉의 갈빗대 밑으로 오금 박고 들어왔다. 태봉은 슬아의 깍지 낀 손을 풀어 다시 잡게 하였다.

클러치를 풀고 액셀을 당겼다. 슬아는 다시 태봉의 허리를 옥죄었다.

부드러운 봄밤 냄새가 온몸을 휘감으며 달려들었다. 태봉은 중3 때부터 오토바이를 탔다. 바람은 라이딩할 때마다 달랐다. 계절에 따라, 그날 부는 바람의 세기나 온도, 습도에 따라 혹은 도로의 휘어짐에 따라 저마다 다른 음색을 들려주었다. 라이딩할 때만 들을 수 있는 노래였다.

근수는 오토바이야말로 힙합 음악과 절묘한 어울림이 있다고 했다. 힙합의 박자 감각과 이륜차를 몰 때 중심을 잡는 세반고리관의 역할 같은 공통점을 잡아내며 우쭐댔다. 불안정하지만 격정적인 공통점이 사람의 마음을 홀린다고 했다.

결국 사람의 마음을 훔치는 것은 완전함보다는 불완전함, 안정적인 것보다 위험함이다.

오토바이는 위험하기 때문에 타는 것이다.

태봉은 S자로 달렸다. 여울처럼 휘어질 때마다 슬아의 몸은 움찔움찔했다. 슬아는 더욱 태봉의 갈빗대 밑을 조였다.

맛 좀 봐라.

태봉은 더욱 속도를 높였다.

헤드라이트가 넘치는 도로를 달릴 때면 빛 사이를 질주하는 것 같다. 한순간에 빛의 힘을 받아 순간 이동한 느낌이 들기도 한다. 도심을 벗어나 외곽 도로를 탔다. 고속국도가 생기는 바람에 통행량이 없는 구길을 택했다. 바람을 제대로 맛보기 위해서였다. 슬아는 태봉의 등에 껌딱지처럼 붙어 있다.

어느 한 구간을 지날 때 알 수 없는 향기가 묻어 왔다. 머릿속이 시원해지는 느낌이랄까. 뭔지 모르게 울컥하기도 했다. 냄새는 기억보다 빠르게 옛일을 불러올 때가 있다. 순식간에 후욱―, 그 시간 그 자리에 데려다 놓는다. 유난히 후각이 예민했던 태봉은 냄새로 과거의 어느 시간을 떠올릴 때가 많았다. 4월의 솜사탕 냄새, 바람만 건듯 불어도 향을 내던 창가의 5월 허브들. 그 냄새는 심장 박동을 빠르게 하며 머릿속을 맑게 해주었다. 냄새는 어느 것보다 재생력이 강하다.

라이딩하기에는 최적의 날씨이다. 뒤에 달린 혹만 없다면 더할 나위 없이 좋은 밤이다.

한 시간 남짓 달렸다. 태봉은 속도를 줄이며 조심스럽게 오토바이를 세웠다. 구멍이 난 6차선 도로는 안전판으로 막아놓은 터라 통행이 완전히 차단된 상태였다. 차단된 도로에는 개미 새끼 한 마리 얼씬대지 않았다. 조용하다 못해 고요했다. 저만치 사고 당시의 황당함과 혼란스러움, 기이함이 뒤엉켜 있는 위험 표지판이 보였다. 위험 표지판은 호위 무사처럼 구멍을 여러 겹 감쌌다.

"야, 허리 손 풀고 좀 내려봐."

오토바이가 멈췄는데도 슬아는 꼼짝하지 않았다. 태봉의 말이 떨어지자 슬아는 언제 쫄아붙었냐는 듯 폴짝 뛰어내렸다. 슬아는 헬멧을 벗으며 말했다.

"야, 이 맛에 오토바이 타는구나. 대박인데!"

반은 죽었을 거라고 생각했는데 뜻밖이었다. 슬아는 새로운 에너지를 얻은 양 아까와는 딴판이었다. 슬아는 태봉에게 헬멧을 건넨 후 구멍 쪽으로 걸어갔다.

까만 구멍이 보이자 슬아는 가슴 한구석이 풀썩 내려앉았다. 심장은 걷잡을 수 없이 두근거렸다. 지상의 모든 것들이 쓰러진다 해도 땅만은 끄떡없을 것 같았는데 스르륵 꺼지다니. 언제나, 변함없이, 단단하게, 결코 저버릴 것 같지 않은 것이 눈앞에서 사라지다니. 모골이 송연해질 정도로 서늘했다. 슬아는 안전판 사이로 몸을 비집고 들어가 구멍 가까이 섰다.

"야, 겁대가리 상실했냐?"

태봉은 슬아를 보며 소리쳤다. 주변의 지반도 믿을 게 못 된다.

구멍은 닥치는 대로 집어삼키겠노라 포효하는 짐승의 시커먼 아가리 같았다. 무엇이든 흡입할 것 같은 진공의 거대 빨판 같기도 했다.

"저것 봐."

슬아가 손가락질을 하며 소리쳤다. 태봉은 슬아의 손가락을 따라갔다. 시커먼 어둠뿐이었다.

"뭐가 있다고 호들갑이냐?"

"보이지? 저 푸른 알갱이들."

슬아는 대단한 것을 발견한 듯 소리쳤다.

"저것들이 구멍 속을 꽉 채우고 있잖아. 푸른 알갱이들이 계속 움직이며 어떤 흐름 같은 걸 만들어 내잖아."

슬아는 구멍에서 눈을 떼지 않고 말했다. 태봉은 슬아가 말한 것을 찾아보려고 애썼다. 안개 같은 것이 뿌옇게 깔려 있다. 태봉의 눈엔 지열로 인한 수증기로 보였다. 슬아의 말처럼 특별한 것으로 보이지는 않았다.

"야, 저건 땅에서 나오는 지열 같은 거야, 수증기. 넌 똑똑한 척은 독판하면서 저런 것도 과학적으로 못 보나?"

태봉이 빈정거렸다.

"내가 예상했던 대로야. 뭔가 분명히 있어. 안 그러면 어떻게 사라질 수 있어?"

구멍 속은 바닥이 가늠되지 않을 정도로 깊고 어두웠다. 신문에 난 것처럼 수직으로 났기 때문에 물리적인 힘이 없다면 빠져나올 수 없는 구조였다. 버젓이 눈앞에 구멍을 두고 슬아의 말에 딴지를 걸 수는 없었다.

"가자. 할 일이 있어."

슬아는 태봉의 팔을 끌며 오토바이로 향했다. 대단한 근거라도 잡은 양 의욕이 넘치는 말투였다. 외계인의 교신이라도 받으신 모양이다. 태봉은 내키지 않는 걸음으로 슬아의 뒤를 따랐다.

슬아는 제 맘대로에 완전 막무가내다. 이렇게 끌려다닐 하태봉이 아닌데, 하여간 이상한 밤이다.

슬아는 헬멧을 쓰기 전에 태봉에게 다짐하듯 물었다.

"끝까지 나 도와줄 수 있지?"

슬아는 믿음이 꽉 찬 목소리로 물었다. 뭘 보고 이러는지 알 수 없다. 첩첩산중이다. 태봉은 꿈도 야무지다는 표정으로 말했다.

"환장하겠다. 됐거든. 이걸로 끝이다. 더 이상 너랑 엮이는 거 사절이다. 좋은 말 할 때 다른 애 찾아봐라. 난 니 과 아니라고 했지? 경고다. 너 나한테 한 번만 더 들이대면 그땐 성질 드러운 거 제대로 볼 줄 알아라."

태봉은 슬아에게 콕콕 집어서 주지시키듯이 말끝마다 힘을 주며 말했다.

"댁이야말로 됐거든. 내가 다른 아이한테 미친년 소리 들어가며 또 설명할 거 같냐? 너를 여기까지 오게 하느라 내뱉은 단어가 몇 갠지나 아니? 이렇게 눈앞에 빤히 보고도 말귀를 못 알아듣냐? 아무리 아는 게 없어도 그렇지, 이만하면 사람이 무슨 말을 하는지 한 번쯤 그 짱구 좀 굴릴 수 없냐? 보나마나 잘 안 돌아가겠지만."

"어쭈~ 제법이셔~. 사람을 슬슬 긁는 작전으로 나가겠다 이
거지? 내가 니 작전에 말려들 거 같냐? 맘대로 해라, 긁든 말든
무덤을 파고 묻든 말든. 난 성가신 거 딱 질색이니까 더 이상 귀
찮게 굴지 마라. 말도 안 되는 미친 소리 좀 작작 하고."

"아주 귓구멍에 못을 박았구나."

슬아는 태봉에게 질세라 더 세게 질렀다.

"이게 보자 보자 하니깐, 너 내가 그렇게 우습게 보이냐? 씨발, 남
귓구멍에 나사를 박든 전봇대를 박든~. 아, 탈 거야~ 말 거야~."

태봉은 소리를 버럭 질렀다.

"벌써 아홉 시가 다 돼가니까 퀵비는 시간당 알아서 계산해라."

태봉은 시계를 보며 말했다.

"알았어. 퀵비만 내면 너 더 써도 되는 거지?"

슬아의 눈이 반짝 빛났다. 웬만해선 절대 기죽을 아이가 아니
다. 어디서 이런 괴물이 나타났나 싶을 정도로 맹랑했다.

"오토바이 운전자 신상을 알아봐야겠어. 오토바이 번호를 캡처
하여 확대하면 알 수 있지 않을까?"

슬아의 목소리는 낭랑하다 못해 생기발랄했다. 점점 오리무중
이다. 슬아는 태봉을 점점 알 수 없는 곳으로 끌어들였다. 태봉도
모르는 사이에 또 말려들었다는 생각이 들었을 때는 이미 늦었다.

"그거는 알아서 뭐하게?"

"그 아저씨를 추적해 들어가면 뭔가 또 다른 단서가 분명히 나올 거야."

태봉은 윤슬아를 물끄러미 바라보며 생각했다. 종잡을 수 없는 아이다. 사람이 뭐 짐작 가는 데가 있어야 대책이라도 세우지, 어디로 튈지 모르는 럭비공이 따로 없다.

"무슨 단서?"

"그건 나도 몰라. 그다음에 알게 되겠지."

"돌겠다, 증말."

태봉은 슬아의 머리를 쥐어박듯 헬멧을 씌웠다. 태봉은 시동을 걸고 액셀을 당기며 오토바이 특유의 소리를 내며 출발했다.

"와오~."

태봉의 등 뒤에서 슬아가 소리를 질렀다. 슬아는 뭔가 다른 세계를 봐버린 듯 새로운 희망으로 상기되어 있다. 저러다 어느 순간에 오프해 버릴지도 모르는데.

"야, 넌 뻑하면 쓰러지던데, 그건 왜 그런 거냐? 조심해라. 달리는 오토바이에서 정신줄 놓으면 넌 완전 날아가는 거다. 그야말로 진짜 다른 우주로 영원히 가는 거다. 알았냐?"

태봉은 오토바이 엔진 소리에 맞서 큰 소리로 말했다.

"걱정 마아~."

슬아도 엔진 소리에 묻힐세라 큰 소리로 답했다.

"기면증이래. 스트레스 게이지가 엄청 올라갈 때 일어나는 일이니까 지금은 걱정 안 해도 돼애~."

기면증? 태봉은 그딴 병도 다 있나, 생각했다. 하여간 가지가지
한다.

어느 구간을 지날 때 또 냄새가 났다. 이 부근에 특별한 것이
있는 게 분명하다.

슬아에게는 익숙한 냄새였다. 잠을 몰아내기 위해 엄마가 사다
준 허브 오일 냄새와 비슷했다. 손가락 굵기의 유리관 속 노란 오
일에는 슬아의 잠을 쫓아줄 것이라는 엄마의 믿음이 들어 있었
다. 엄마가 고맙지 않은 건 아니다.

비밀스러운 빛

슬아를 내려준 뒤 태봉은 퀵클리쌩으로 향했다. 형들은 퇴근하고 삼촌은 여전히 컴퓨터 앞에 앉아 있다.

"전화도 안 받고 뭐 하노? 근수가 니 보고 갈라꼬 여태 기다리다 안 갔나."

태봉은 그제야 전화기를 꺼내 보았다. 부재중 전화가 여러 개로 찍혔다. 근수, 삼촌, 그리고 아버지…….

태봉은 퀵비를 입금시킨 뒤 문을 나서려다 삼촌을 바라보았다. 삼촌은 낮부터 하던 게임을 여태 하고 있다. 1초도 한눈팔고 싶지 않은 모양이다. 재밌어서 아주 까딱까딱 넘어간다.

"아직도 그 게임이야?"

"바라, 바라. 햐, 이기 새로 나온 게임인데, 기가 맥힌다 아이가."

삼촌은 연신 클릭질을 하느라 화면에서 눈을 떼지 못했다.

"바라, 니 같은 또래들은 대부분 게임하느라 두 눈이 시뻘겋게 뒤집히든데, 웬만한 가정불화는 다 거기서 일어나드구마. 니는 우째 게임에도 관심이 없노?"

게임 같은 거로 성가시게 굴지 않아도 눈만 뜨면 태클이 들어오는 세상이다.

"귀찮아. 별로야."

"이눔아야, 아무 의욕도 없시믄 그기 살아 있는 기가. 게임도 하고 싶고 먹고 싶은 것도 있고 그래 해야 살아 있는 기 아이가?"

"그걸 잘 모르겠어. 내가 살아 있는 건지 죽어 있는 건지."

"시퍼렇게 어린 놈이 반편이 된 삼촌 앞에서 말하는 거 좀 보소. 삼촌을 봐라, 내 꼴보다는 니 꼴이 을매나 훌륭한지."

가냘픈 삼촌의 다리가 눈에 들어왔다.

"퍼뜩 드가라. 늦었다."

"밤새울라 그러지? 삼촌이 무슨 애들이야? 게임하느라 밤새우게?"

"무료체험에 뽑혀 가 좀 놀아줘야 한다 안 하나. 게임 매뉴얼에 내 사주와 신상명세를 자세히 넣어놓고 시작하면 되는 기다. 선택지 중 하나를 고르면 내가 욕망하는 게 뭔지 레벨업하며 척척 맞혀간다 아이가. 점쟁이한테 내 사주를 넣어놓으면 내 과거를 척척 맞히듯이 말이다. 신기하데이. 이건 수백 수천 가지 경우의

수를 넣어놓고 확률로 나온다는 걸 버언히 아는데도 이래 재미있을 수 있나, 참말로. 바라, 태봉아. 운명은 결국 자신이 선택하는 대로 간다는 거 아이가."

삼촌은 게임 홍보라도 나온 것처럼 입 가장자리에 백태가 끼도록 설명했다.

"선택? 삼촌이 가장 욕망하는 게 뭔데?"

대뜸 태봉이 물었다. 저렇게 자신의 욕망을 물어물어 가면 최종 목적지에 뭐가 나올지 궁금했다. 정말 삼촌이 욕망하는 것을 컴퓨터가 맞힐 수 있는지도 궁금했다.

"몰라서 묻나, 문디 자슥아. 두 발로 걷는 기지."

삼촌은 두툼한 두 손으로 가냘픈 두 무릎을 치며 말했다.

"한 가지 물어봐도 돼?"

"하, 오늘 참 말 많네. 하태봉, 어이~ 뭐꼬?"

"저 할리데이비슨 말인데……."

"여기 와 있냐꼬? 훔쳤다. 와?"

태봉은 거짓말 마라는 표정으로 삼촌을 바라보았다.

"사고가 났을 때 내가 타던 오토바이는 형체를 알아볼 수 없었데이. 차체 아래 두 다리가 깔려 바스러져서 결국 이래 안 됐나. 보상금 몽땅 털어서 산 기 저 할리데이비슨이다."

"타지도 못하잖아."

"그래, 이눔아야, 내도 안다. 니가 그래 콕콕 집어주지 않아도."

태봉은 물끄러미 삼촌을 바라보았다.

"내 선택을 후회하지 않기 위해서 안 그랬겠나."

"선택?"

"오토바이를 처음 탔을 때의 내 선택, 사고 나던 날 그 길을 달릴 수밖에 없던 내 선택을 후회하지 않기 위해서 그래 안 했겠나. 이제 됐나? 그동안 저리 궁금한 기 많은데 우예 참았노. 퍼뜩 드가라~. 느그 아버지 쫓아오기 전에."

태봉은 뒤돌아서다 쇠뭉치로 한 대 얻어맞은 것 같았다.

"아버지라니?"

태봉은 두 눈이 튀어나올 것 같았다.

"미친놈, 이눔아야, 니가 하늘에서 똑 떨어져 혼자 살아남은 줄 아나? 느그 아버지가 니 하는 일을 모른다고 생각하나? 걱정 마시라 했다."

눈두덩이의 신경이 바짝 조여들었다. 이제 와서 무슨 참견이야. 태봉은 신경질적으로 문을 밀치며 사무실을 나와버렸다.

아버지 방에는 불이 꺼져 있다. 엇비슥하게 열린 방문 틈새로 낮게 코 고는 소리가 들렸다.

토요일 아침, 늦게까지 잔다고 잔뜩 별렀는데 전화벨이 울렸다. 벨소리가 머릿속의 잠을 송두리째 흔들었다. 짜증이 났다. 윤슬아다. 받지 않았다. 전화벨은 끈질기게 울어댔다. 태봉은 전원을 꺼버렸다.

잠이 홀딱 달아난 뒤다. 윤슬아는 끝까지 재수 없는 짓만 한다.

반지하 방의 쪽창으로 햇빛 몇 조각이 들어왔다. 잠시 잠깐 내리는 은총이다. 어떤 것이 들어와도 타협하지 않는 빛은 직선으로 곧다. 햇빛의 길 위에 뿌연 먼지가 떠다녔다. 먼지는 우왕좌왕 떠도는 것 같지만 정해진 길이 있는 것처럼 일정하게 맴돌았다. 어젯밤 보았던 구멍 속의 푸른 알갱이들처럼. 과연 다른 곳으로 통하는 문이 지구 상에 존재할 수 있는 것인가. 슬아의 괴상한 망상에 태봉도 젖어드는 것 같았다. 태봉은 슬아에 대한 생각을 지우려고 도리질을 쳤다.

현관문 두드리는 소리가 났다. 태봉은 먼지들의 유희를 보며 이불 속에 있다. 꼼짝하기 싫었다. 문 두드리는 소리는 포기하지 않았다. 질긴 놈이다. 미간에 절로 힘이 들어갔다.

"태봉아, 나여, 근수우. 문 열어, 빨랑~."

엿가락처럼 늘어지는 근수의 목소리가 태봉의 귀에 들러붙었다.

"뭐야, 집까지 쳐들어오고. 뭔 일인데?"

태봉은 팬티 차림으로 현관문을 열었다. 뜨악, 근수 뒤에 윤슬아가 있다. 슬아는 눈 하나 깜짝하지 않고 태봉의 벗은 몸을 스캔했다. 태봉은 황급히 현관문을 닫았다. 불똥이라도 뒤집어쓴 것처럼 온몸이 화끈거렸다.

"어여 옷 입어라~. 히히히."

"닷근, 너 죽을래?"

태봉은 바지를 껴입으며 현관문을 향해 소리쳤다. 이젠 연합작전으로 지랄들을 떠는구나 싶었다.

"그러게 전화기는 왜 꺼놓냐? 손님 모시고 왔으니깐 빨리 나와봐~."

늘쩍지근한 근수의 목소리가 구렁이처럼 타넘어 들어왔다. 손님 좋아하시네. 진상에 거머리다. 그것도 특급으로.

"이게 오토바이 번호야. 주소지 알아봐 줘."

슬아는 태봉을 보자 대뜸 쪽지부터 들이댔다. 윤슬아에게 전생에 빚을 지지 않았다면 이럴 수가 없다. 태봉은 슬아를 야려 본 후 쪽지 같은 건 생무시하고 걷기만 했다. 머리도 풀어헤치고 사복을 입어서 영판 다른 사람 같았지만 하는 짓은 윤슬아가 분명하다.

근수는 팽팽하게 맞서는 두 사람을 재밌다는 듯이 바라보았다. 그것도 추수고 1학년의 여신 윤슬아와 주먹짱 하태봉의 만남이라. 근수는 막장 드라마 챙겨 보려고 TV 앞으로 당겨 앉는 아줌마처럼 입맛까지 다시며 두 사람을 관찰했다. 슬아를 바라보는 근수의 눈빛은 농몽했다.

"이런 건 울 삼촌이 CSI 수준여. 우리 사무실로 가자."

근수는 슬아의 손에서 쪽지를 낚아챘다.

오토바이 주소지는 중국 음식점 사천성이다. 주소를 적자, 슬아
는 선물이라며 삼촌 책상 위에 퀵비를 올려놓았다. 종잡을 수 없
는 건 여전했다.

"하태봉, 가자."

메리, 쫑쫑이, 복실이 같은 애완견 부르는 듯한 슬아의 태도에
태봉은 완전 기가 질렸다. 황당하여 대거리할 기분도 나지 않았다.

"뭐 하노? 가자 안 하나? 퍼뜩 갔다 온나."

"삼촌~ 삼촌까지 왜 그래?"

"뭐, 이눔아야, 일이다, 일. 이 퀵비 안 보이나?"

삼촌은 돈을 흔들어 보이며 말했다. 근수는 여전히 싱글벙글이
다. 드라마가 재밌어도 보통 재밌는 게 아닌 모양이다. 이슬만 먹
고 살 거 같은 윤슬아의 대찬 모습에 근수는 다음 회의 드라마가
궁금해 죽을 지경이다. 그 앞에 뜨듯한 오줌 뒤집어쓴 지렁이처
럼 옴짝달싹 못하는 하태봉도 볼만했다. 완전 고양이 앞에 쥐 꼴
이다. 어디서도 볼 수 없던 태봉의 모습에 근수는 유쾌 상쾌 통쾌
한 표정을 지었다.

태봉이 침 먹은 지네처럼 말없이 사무실을 나서자 슬아도 따라
나섰다. 태봉은 신경질적으로 시동을 켠 뒤 달렸다. 슬아가 두 팔
로 태봉의 허리를 격하게 감싸 안았다.

햇살이 눈부시게 펼쳐졌다. 오만 곳이 눈부셔 어디 한 군데 만
만하게 눈 둘 곳이 없다. 초록잎사귀도 나뭇가지 끝도 물이랑으

로 뒤척이는 강물도 도심 속의 빌딩도 모두 다 햇살에 겨워 빛살을 되쏘고 있다. 따가운 햇살은 정수리 위를 훅훅 볶았다. 봄이 실종되고 곧바로 여름이 온다더니, 햇볕은 하루가 다르게 거세졌다.

태봉은 저 햇살처럼 빠르게 질주해 오는 윤슬아의 속도에 멀미가 날 지경이다.

이렇게 하다간 계속 윤슬아에게 끌려다닐지도 모른다. 이게 아닌데, 하면서 윤슬아의 페이스에 계속 말려들지 않는가.

사천성 앞에 다다르자 음식 냄새가 진동했다. 아무것도 먹지 않은 태봉의 뱃속은 요동을 쳤다.

"야, 짜장면값 있지?"

슬아는 태봉의 말에 대꾸 없이 사천성 문을 밀었다.

"짜장면 둘요."

주문한 후 슬아는 가택 수사라도 나온 양 사천성 내부를 둘러보았다. 배달원 실종과 영업은 별개였다. 식당 안은 차분했다. 사람을 잃어버린 집 같지 않았다. 슬아는 화가 치밀어 올랐다. 상하가 사라졌을 때도 이랬다. 하나도 흐트러짐 없는 일상이 이어졌다. 상하가 정말 사라지긴 한 걸까. 혹시 상하와 스케줄이 다르기 때문에 맞닥뜨리지 않을 뿐 이 집에 살고 있는 것은 아닌가, 착각이 들 정도였다. 왜 상하가 사라진 것에 대해 아무도 말하지 않는지…….

양파 볶는 냄새, 짜장 소스 냄새, 기름 타는 냄새가 진동했다.

태봉은 슬아에게 아무것도 묻지 않았다. 삼촌이 말한 것처럼 퀵비를 받고 일을 하는 것뿐이다. 일할 때 이 물건이 무엇이며 왜 여기에 배달하는 거죠? 받는 사람과는 어떤 관계입니까? 라고 꼬치꼬치 캐묻지 않는다.

짜장면 두 그릇이 나왔다.

"저어, 사라진 배달원 아저씨는 아직 소식 없나요?"

짜장면을 내려놓던 아저씨는 움찔하더니 대번 눈빛이 곱지 않았다.

"기자 양반들이쇼?"

"아니요, 저희는 실종자 가족 협의회에서 나왔습니다. 실가협이라고도 하죠. 남은 가족 분들을 만나 위로도 해드리고 찾는 방법도 함께 고민해보고 도와드리는 그런 단체입니다."

태봉은 짜장면을 비비다 멈칫했다. 연기도 수준급이다. 숫제 하늘에서 하강한 선녀 같은 모습으로 말한다. 사장은 슬아에게 배달원의 신상에 대해 술술 불었다. 쪽지에 메모까지 해가며.

"에이, 가게 이름을 바꾸든가 해야지. 왜 땅이 지랄들을 하는 거야 그래."

가게를 나서는 태봉과 슬아의 등 뒤로 날아온 말이다. 그러고 보니 몇 해 전 대지진이 났던 곳도 쓰촨성이다.

슬아는 식당을 나오자 태봉 앞에 쪽지를 또 들이밀었다. 이번
엔 배달원의 자취방이다. 태봉은 말없이 오토바이를 몰았다. 좁다
란 골목길을 곡예하듯이 다녔다. 자칫하다간 시멘트 벽에 어깨가
쓸릴 정도로 좁다란 골목이다.

집주인은 배달원이 사라진 것조차 모르는 눈치였다. 며칠째 못
봤다며 귀찮은 듯 던지고 들어가 버렸다.

방문은 단단히 잠겨 있다. 굳게 잠긴 자물쇠만이 주인의 부재
를 증명해주었다.

슬아는 맥이 빠진 채 방문 앞에 주저앉았다. 한참 동안 멍 때리
는가 싶더니 황급히 메모지를 꺼내 몇 자 적었다.

웜홀 통과, 진심으로 진심으로 축하드립니다.*^^*
아저씨, 아니 선생님을 꼭 뵙고 싶습니다.
두 사람의 목숨이 달려 있습니다. 꼭 만나주세요.
선생님이 살아 있기를 간절히 바라고
살아 있으리라 확신합니다.
010-6478-**** 윤슬아

슬아는 방문 틈으로 메모지를 밀어 넣었다.

아무 말 없이 슬아를 지켜보던 태봉은 기어이 한마디 했다.

"두 사람은~ 하여간 일방적으로 사람을 이상한 데로 모는 데

는 할 말을 잃는다, 내가. 야, 너 같으면 연락하겠냐?"

어림없을 거란 생각에 던진 물음이었다.

"응, 나 같으면. 도대체 이게 어떻게 된 일인지 알고 싶지 않겠냐? 거기다 그 사실을 본 것처럼 꿰뚫고 있는 사람이 있다고 생각해봐라, 너 같으면 안 만나고 싶겠냐?"

말해 무엇하랴. 태봉은 애초에 슬아에게 말을 붙인 게 잘못이라는 생각이 들었다.

"꿰뚫기는? 너는 어떻게 사람들이 다 너처럼 생각할 거라고 단정하냐? 널 보면, 착각하며 사는 것도 내공 급수가 따로 있구나 싶다."

슬아는 태봉의 말 같은 건 개의치 않고 앞질러 걸었다. 저절로 팔다리가 축 늘어졌다. 골목을 벗어나자 언덕 난간에 털퍼덕 주저앉았다. 맥이 딱 풀렸다. 어딘가에 분명 살아 있을 것이다. 그런데 어떻게 찾아야 할지 아득했다. 바람이 불어 열에 달뜬 얼굴을 식혀주었다. 슬아는 머리를 쓸어 올렸다. 언덕 아래 오종종한 집들이 퍼즐 조각처럼 아귀를 맞춰가며 엎드려 있다. 저마다의 사연으로 왁자글한 지붕 위에도 햇볕은 이글댔다.

"난 꼭 살아 있을 거라고 생각해. 죽었다면 시체라도 나와야 되는 거잖아. 만약에 말이야, 빛과 같은 순간에 다른 곳으로 간다면 어디로 갈 거 같냐? 난 그 사람이 가장 그리워하는 곳으로 갈 거 같아."

워낙 사람은 자기가 생각하고 싶은 대로 생각하는 동물이란다. 그게 나쁜 징조인지 아닌지 모르겠지만 슬아는 일관성 있게 자기 생각의 확신을 갖고 있는 사람 중 하나이다. 참 특이한 뇌 구조이다.

슬아는 언덕 아래 옴닥옴닥 붙어 있는 지붕을 보며 말을 이었다.

"난, 동생 상하랑 블록놀이 하던 어린 시절로 돌아가고 싶어. 그때 상하가 먼저 집을 완성하지 못하도록 블록 하나를 책꽂이 뒤로 집어던졌는데 그걸 다시 찾아주고 싶어. 누나는 욕심쟁이라는 말이 나오지 않도록 말이야. 넌?"

"난 그런 거 없어. 난 이대로 뭐든 빨리 끝나버렸으면 좋겠거든."

"넌 언제부터 그렇게 시큰둥했는데? 넌 아무 의욕도 없는 아이 같긴 했어."

"그러는 넌, 만날 뭘 그렇게 하고 싶은 게 많냐? 궁금한 것도 많고 실가협도 꾸려야 하고, 참 내. 거짓말 대회 나가면 특등감이겠더라."

"그래, 난 뭐든지 잘하고 싶어. 그것도 완벽하게. 허술한 건 딱 질색이야. 지금껏 내가 짜놓은 플랜대로 정확하게 실행되고 있었어. 복병을 만나긴 했지만."

"복병?"

"어, 기면증. 그리고 너."

"왜 그렇게 뭔가를 하지 않으면 안 되는데? 난 그게 더 이해가 안 간다. 안 해도 되거든. 공부든 뭐든. 안 해도 이 단단한 세상은 끄떡없어. 누구 하나 죽는다거나 빠진다 해도 세상은 잘 돌아가게 되어 있어. 꼭 저 아니면 안 된다는 것들이 설치다 세상 망치는 거 같더라만. 너도 그 부류냐?"

"난 세상을 위해 살지 않아. 날 위해 살 뿐이야."

슬아의 목소리는 차갑고 쌀쌀했다.

"길바닥을 보면 말이야, 똑 고르고 편편한 거 같은데 비 온 뒤 보면 물이 고인 곳과 그렇지 않은 곳이 있어. 사람도 똑같다고 생각해. 겉보기엔 평온해 보이지만 나름의 그늘과 굴곡이 있어. 보이는 게 다가 아니야."

슬아는 먼 데 하늘을 보며 꼭 딴 사람처럼 말했다.

"난, 그냥 그래야 살아남을 수 있을 거 같아서 그래. 안 그러면 내 존재 가치는 사라지니까. 어느 순간에 제거될 수 있으니까. 그렇게 되기 싫어서 기 쓰는 것뿐이야."

"뭐? 제거? 말이 좀 심한 거 아니냐? 누릴 거 다 누리며 넘치는 사랑과 관심 속에 자라신 것 같은데, 그건 좀 심한 비약 아니냐?"

태봉은 여태껏 자신이 제거된다고 생각해본 적은 없다. 태봉이 누군가를 제거했음 제거했지.

"난 입양아야."

내 혈액형은 뭐야, 라고 말하는 것처럼 슬아의 목소리는 건조하게 태봉의 발치에 나뒹굴었다.

헉.

태봉은 말문이 턱 막혔다.

"작품성 높은 그림처럼 명품 가정을 꾸리는 것이 우리 엄마 꿈이야. 엄마의 그림대로라면 난 지금처럼 유지하지 않으면 안 돼. 그건 엄마의 자존심이 허락하지 않을 거야. 날 다시 파양하는 한이 있더라도. 만약 명품 그림에 흠집을 내면 나는 어느 순간 사라지게 될 거야."

슬아의 목소리는 변함이 없다. 혈액형의 특징을 나열하는 정도의 톤이다. 사라진다는 말에 신경을 세운 건 태봉이다.

"사, 사라진다고? 누가 그래, 네가 사라진다고? 그건 네 생각이잖아. 아무도 누군가를 사라지게 할 수 없어. 오히려 누군가가 사라진다고 겁먹는 사람이 스스로 사라지더라. 상대의 존재가 너무 크게 느껴져 도저히 견딜 수 없는 사람이 사라지는 거야. 거의 숨 쉴 수 없을 정도로 상대가 견디기 힘들 때 더 이상 버티지 못하는 사람이 사라지는 거야. 지레 겁먹은 사람이 스스로 사라지는 거라고! 누가 누구를 사라지게 하는 건 아니야."

태봉은 핏대를 올리며 말했다.

태봉은 엄마가 남기고 간 쪽지가 떠올랐다. 엄마는 아버지가 사라지는 것이 두려운 것이 아니라, 엄마에게 아버지의 존재가 터무니없이 작아지는 것이 두려워 스스로 도망친 거라는 생각이 들었다. 패배한 가장의 뒷모습을 지켜보는 것이 괴로워서 피해버린 것이다. 태봉도 아버지가 사라져간다고 생각했다. 그런데 어느 순간, 태봉이 아버지의 존재를 부정한 것이지 아버지가 사라지는 것은 아니라는 생각이 들었다. 상대를 부정하면 할수록 오히려 그 존재는 거대해지게 마련이다. 그 거대함에 압사당하기 전에 책임을 상대에게 전가한 뒤 도망치며 늘어놓는 변명은, '상대가 투명인간이 되는 것을 볼 수 없다'는 것이다.

슬아는 멀뚱히 태봉을 바라보았다. 전혀 다른 사람 같았다. 여태껏 태봉의 입에서 나온 건 거지반 쌍욕인데 저렇게 속 깊은 소리를 들은 건 처음이었다. 버스 정류장에서 처음 본 태봉의 눈이 떠올랐다.

"내가 잘못 본 게 아니야."

슬아는 혼잣말하듯 뇌까렸다.

"뭘?"

"아니, 아니야."

슬아는 말을 얼버무리면서 태봉의 눈을 바라보았다.

태봉은 슬아의 눈길을 피하며 쑥스러운 듯 말했다.

"지금 생각해보니까 나도 좋았던 때가 있었네. 씨발, 유치원 때였나? 엄마 아빠랑 스티커 사진 찍을 때. 우스꽝스러운 가발을 쓰고 갖가지 표정을 지으며 찍었는데. 그때는 그게 왜 그렇게 찍고 싶었나 몰라."

스티커 사진을 오려 여기저기에 붙이고 다녔다. 어렸을 때 쓰던 물건들이 남아 있다면 그때 그 표정이 그대로 머물러 있을 것이다. 어느 한순간이 그대로 간직되어 있을 것이다.

근수가 그리워하는 것은 할머니랑 살던 달뜨미고개 시절이다. 그리고 지금 고딩들이 가장 돌아가고 싶은 순간은 유딩 시절, 즉 유치원 때이다. 그렇다면 모두 어린 시절을 그리워한다는 공통점이 나온다.

"쪽지 줘봐. 배달원 이름이 뭐랬지?"

태봉은 슬아에게서 쪽지를 건네받은 후 삼촌에게 전화를 했다.

"삼촌, 김일구, 이 사람 태어난 곳 좀 알아봐 줘."

정확히 3분 후 메시지가 왔다. 역시 삼촌은 퀵클리쎙의 CSI 그리섬 반장이다.

"타라."

이번엔 태봉이 먼저 서둘렀다. 주소지는 이곳에서 그리 멀지 않은 바닷가 마을이다. 슬아는 처음 오토바이를 탈 때와는 다르게 여유를 부렸다. 한 손을 들어 소리치기도 했고 바람을 느낄 줄도 알았다. 슬아와 함께 시간을 보낼수록 뒤꼭지가 그렇게 무겁지만은 않았다.

바람의 냄새가 다르다. 싱싱한 굴을 한입 깨물었을 때의 비릿한 냄새가 났다.

주소지에 다다른 것 같았다. 바닷가로 갈수록 산들은 점점 낮아졌다. 집들은 산자드락 아래 더욱 낮게 깃들여 있다. 으늑했다. 은모래 해변 위로 바닷물이 할끔거렸다. 소나무 방풍림 뒤로는 모텔과 음식점이 즐비했다. 굴딱지만 한 집들과는 대조적인 모습이다. 사람들이 꽤나 찾는 해수욕장 같았다. 붉은 소나무 둥치 사이로 바다는 얼핏얼핏 얼굴을 보여주었다. 바다의 푸른빛이 오토바이의 속도에 따라 얼비쳤다.

배달원 김일구가 과연 이 동네에 있을지 장담할 수 없다. 오래전 이곳 생활을 정리하여 어린 시절의 흔적은 밭뙈기조차 남아 있지 않을 수도 있다. 그래도 가보는 거다. 슬아가 말한 대로 단서는 또 다른 단서를 불러올지도 모른다. 사람이 사라졌다면 찾아보는 게 당연한 거다. 찾아주지 않으면 자신은 먼지만도 못한 존재라고 생각하며 모래알이 되어 스스로 부스러져 내릴지도 모른다. 태봉은 그것이 얼마나 큰 공포인지 안다. 태봉은 끝까지 배달원을 추적하고 싶은 욕구가 생겼다. 알 수 없는 일이다.

사람이 사는 곳일까 싶을 정도로 동네는 괴괴했다. 따가운 햇살에 시멘트 길이 하얗게 눈부셨다. 당산나무 아래서 한 노인을 만났다. 길을 물었다. 경계가 단단한 노인이다.

"일구네 집인디? 저짝 갈래길에서 왼짝으로 쭉 들어가면 밭 모랭이 끝에 있긴 한데, 집이라고 볼 수도 없이 다 꾸여져가. 그 집은 하도 오래 비워놔서 사람이 살 수 있는 집이 아녀. 흉가여."

집이라도 남아 있는 게 어디냐는 생각이 들었다. 어떤 흔적이라도 찾는다면 단초가 되지 않을까 싶었다.

밭둑을 지나자 거짓말처럼 외따로이 집 한 채가 나타났다. 옹

기종기 이마를 맞대고 있는 마을의 집들과는 외돌아져 있다. 무
너진 돌담과 바람벽은 덩굴에 포박당한 채 옴짝달싹 못하고 있
다. 그나마 집이 버티는 건 저 넝쿨식물의 포승줄 덕분인 것 같기
도 했다. 조붓한 마당에는 녹슨 펌프가 덩굴을 뒤집어쓴 채 목 떨
어진 동상처럼 서 있다. 잡풀은 쪽마루까지 덮었다. 안방과 건넌
방 사이에 너른 마루가 있는 것으로 보아 제법 규모가 있어 보였
다. 방문은 죄 달아난 상태였으며 지붕은 바닷바람이 조금만 드
세게 불어도 무너질 것처럼 낭창낭창했다. 숨이라도 크게 쉬었다
간 어디선가 기왓장이 떨어져 이마빡을 칠 것 같았다.

발밑에서는 잔 나뭇가지 부러지는 소리로 와작거렸다. 발짝을
뗄 때마다 박하 향이 물컥했다. 그러고 보니 연보랏빛 박하꽃이
마당 안에 그득했다.

"거, 구신 나올 것 같은 집에 뭔 볼일이 있는 겨?"

태봉과 슬아는 소스라치게 놀라 뒤돌아서다 그만 발이 엉켜 풀
숲에 넘어지고 말았다. 박하 냄새가 훅 끼쳤다. 눈앞이 어지러울
정도로 지독했다. 담장 너머로 희끗한 머리칼이 어리대었다. 아까
그 노인이었다.

"누구여? 일구 친구들여? 일구는 여기 발길 끊은 지 십 년도 넘
었어. 동네에서 걷어준 즈이 아비 병원비 갖고 튄 놈이 무슨 낯짝
으로 오겄어. 숭악한 놈여. 그 바람에 즈이 아비와 누이 둘 다 잡
었으니께."

엉덩이를 털며 슬아가 쭈뼛쭈뼛 말했다.

"네? 그럼 두 분 다 돌아가셨나요?"

"일구 아비가 죽고 며칠 지나서 그 딸이 여 보란 듯이 서까래에 목을 맸어. 그래서 일구 놈을 백방으로 찾았는데도 소식 한 자 들을 수 없었어."

후끈한 열기가 정수리를 훅훅 볶아대는데도 등골이 시렸다. 막막했다. 인사를 하고 뒤돌아설 때까지 노인은 경계의 눈초리를 거두지 않았다. 노인의 눈을 피해 집을 나서자, 태봉이 슬아의 뒤통수에 대고 낮게 말했다.

"야, 얼굴 한 번 본 적 없는 사람을, 것도 살았는지 죽었는지도 모르는 사람을 어디서 찾냐?"

"또또, 하태봉 특기 나온다. 몇 번 해보지도 않고 주저앉는 거. 난 쉽게 찾으리라고 기대 안 해. 대신 궁금하지 않냐? 어째서 김일구는 그간 집에 오지 않았을까. 아무리 아버지 병원비를 훔쳐 달아났다 해도 어디서 뭘 하며 지냈길래. 그리고 누나는 왜 그렇게 처참하게 죽었나."

"참 너도 어지간하다. 것도 남의 일에."

"야, 이게 얼마나 재미있는데. 문학샘이 그러드라, 사람이 죽을 때까지 잃지 말아야 할 것은 호기심이라고. 그걸 잃으면 재미도 삶의 의욕도 없는 거라고."

슬아는 일몰을 봐야겠다고 고집을 부렸다. 태봉은 귀찮고 성가셨다. 여기까지 왔으니 인심 좀 쓰라고 어르는 통에 또 넘어가고 말았다.

파도 소리가 점점 커졌다. 바람은 소금기와 물기가 녹아들어 축축하고 무거웠다. 슬아가 바다 저 멀리 시선을 주며 말했다.

"난 저렇게 파도 치는 바다가 좋아. 살아서 꿈틀대잖아."

"잔잔하면 그게 호수지, 바다냐?"

태봉은 뚝뚝하게 말했다.

"오우, 하태봉 제법인걸. 그럼 너도 바다를 좋아한다는 얘기? 이제 좀 대화가 되는 것 같은데?"

가끔 슬아가 이런 뉘앙스의 말을 할 때마다 태봉은 스스로에게 물었다. 나도 괜찮은 놈이 될 수 있을까?

슬아는 맨발로 파도를 쫓아다녔다. 슬아의 발목을 파도가 할끔거렸다. 태봉은 발자국 따라 물이 고이는 모래를 꾹꾹 누르며 서 있다. 슬아가 저만치서 달려와 말했다. 슬아의 머리칼 사이로 빛살이 파고들었다. 머리칼이 황금빛이다.

"바다를 무한대의 우주라고 생각해봐. 우리가 살고 있는 우주는 저 파도 칠 때 생기는 거품 중 하나야. 언제 터트려질지 모르는. 봐봐, 비슷한 모양의 거품이 얼마나 많은지. 또 다른 우주가 저렇게 많은데 거기에 나랑 같은 존재가 왜 없겠니? 내가 헛소리한다고 생각해도 좋아. 하지만 난 믿어. 위로가 돼. 어떤 현상을 믿고 따르는 자에게만 현실은 작동한다는 말이 있어. 두고 봐, 반드시 일구 아저씨를 찾아 증명해 보일 거야."

태봉은 슬아의 말에 대꾸하지 않았다. 어느 세월에 배달원 김일구를 찾을 수 있다는 말인가. 저렇게 밑도 끝도 없이 호기를 부리는 슬아가 더 이상했다.

해변을 따라 걸었다. 은모래 길은 아주 짧았다. 해변 대부분은 작은 몽돌과 조개껍데기로 들쑥날쑥했다. 맨발로 디뎠다간 베일 정도로 깨진 조개껍데기가 많았고 모난 돌도 더러 있었다. 몇몇 사람들은 파도를 타며 놀고 몇몇은 모래사장 위에 앉거나 누워 있었다. 수면 위에 퍼지는 빛살은 조금씩 식어가지만 여전히 빛의 위력을 놓지 않아 눈부셨다.

저만치 이상한 복장의 사내가 보였다. 해변과는 영판 어울리지 않아 단연 눈에 띄었다. 정신 나간 사람이 아닐까 싶을 정도로 생뚱맞았다. 머리에는 커다란 헤드폰을 쓰고 등에 멘 배낭에는 전선줄이 주렁주렁했으며 손에는 탐지기 같은 것을 들고 느린 걸음새로 해변을 뒤졌다. 고개를 수그리고 땅의 소리에 귀 기울이는 자세였다. 지난번 물난리 때 지뢰가 떠내려왔다던데, 혹? 그렇담 군인이나 경찰 복장이어야 하지 않는가. 출입 통제도 없이? 아니면 요즘엔 조개나 낙지를 기계로 잡나? 태봉은 궁금증이 꼬리에 꼬리를 물었다. 사내는 가끔 엎드려 굴삽으로 땅을 판 뒤 주머니에 뭔가를 집어넣었다. 사내가 허리를 세워 일어선 뒤 무연히 수

평선을 바라보았다.

　태봉과 사내의 거리가 점점 가까워졌다. 장비의 모양과 색깔이 선명하게 눈에 들어왔다. 그러고 보니 장비들이 눈에 익었다. 얼마 전부터 주말만 되면 주방 한편에 정체를 알 수 없는 장비가 서 있었다. 그 물건과 비슷했다. 일요일 아침이면 아버지는 그 장비를 들고 집을 나섰다. 뭐 하는 물건인지 몰라 볼 때마다 눈에 거슬리긴 했지만 아버지에게 말을 붙이면서까지 알고 싶지는 않았다.

　아버지도 저 행색으로 그럼? 얼굴이 달아오르도록 쪽팔렸다. 저만치 넝마주이 같은 차림새로 해변을 뒤지는 그가 아버지라도 되는 양 숨이 턱 막혔다. 태봉은 계속 그 사내를 응시했다.

　"왜 그래? 아는 사람이야? 저건 지뢰탐지기인데?"

　어느새 다가온 슬아가 태봉의 곁에 서서 말했다.

　"알아."

　입 닥치고 있으라는 듯 태봉은 말허리를 잘랐다.

　"금속을 찾는 거네. 아는 사람이냐고?"

　"금속? 여기서?"

　"야, 해수욕장에서 금속은 뻔한 거지. 유실물들. 한 해 동안 해변에 떨어진 분실물이 장난이 아니래. 금붙이에다 동전도 만만치 않아 생각보다 쏠쏠하대. 외국 같은 경우는 전문 직업이래. 장비까지 다 갖춰 규모가 다르다고 신문에 난 적이 있어."

　조금 있으면 일몰인데 왜 가냐고 어기대는 슬아를 끌고 오토바이로 향했다.

　태봉은 아무 대꾸 없이 오토바이를 몰았다. 아버지에 대한 물음이 스멀스멀 기어 나왔다. 요즘 뭘 하는 거지? 밤마다 뛰질 않나, 잡동사니를 모으질 않나, 그리고 그 장비는? 뭔가 있긴 있는 것 같은데 도통 감이 오지 않았다.

　슬아는 오토바이에서 내리자 태봉에게 주의사항이라며 쉬지 않고 종알댔다.

　"전화기 꺼놓지 말 것, 문자 씹지 말 것. 이제 우리의 목표 한 가지는 확실하다는 거 명심해. 그리고……."

　한 가지든 백 가지든, 태봉은 슬아의 말이 귀에 들어오지 않았다. 머릿속은 아버지에 대한 궁금증으로 폭발할 지경이었다. 돌아오는 동안 어떤 길을 달리고 어떤 바람이 불었는지 전혀 기억나지 않았다. 태봉은 슬아의 말이 채 끝나기도 전에 퀵클리쌤으로 향했다.

아버지의 서랍

    일요일 아침, 눈을 뜬 뒤에도 태봉은 일어나지 않았다. 아버지가 나가길 기다렸다. 아버지는 아침상을 차린 뒤 태봉의 방문을 열어본 후 집을 나섰다. 현관문이 닫히자 태봉은 아버지 방으로 향했다. 아버지의 일거수일투족이 이토록 예민하게 감지된 적이 없다.

    정갈하게 개킨 이불 옆에는 앉은뱅이책상이 있다. 책상 위에는 몇 개의 필기도구와 한 권의 노트가 있다. 새 노트였다. 첫 장에는 이렇게 쓰여 있다.

    순도 100%의 금은 없다. 그렇지만 조금의 불순물도 섞이지 않은 금을 만들고 싶다.

금? 금이라니? 어제 보았던 사내의 모습 위로 아버지의 얼굴이 겹쳐졌다. 아버지가 정말 금을 찾아다닌다는 말인가?

그 뒷장은 하얗게 비어 있다.

태봉은 서랍을 열었다. 3단으로 되어 있는 얇은 서랍 안에 가죽 표지로 된 여러 권의 노트가 있다. 일기장이다.

노트마다 까만 글씨들이 빼곡했다. 가슴이 쑥 꺼지면서 눈앞이 까마득해졌다. 직장을 그만둔 후 세상으로부터 손을 놓은 줄 알았는데. 일기장 안에 아버지의 시간들이 개미 떼처럼 고물거리고 있었다. 태봉은 엄마가 집을 나간 이후 짓이겨진 자신의 시간을 되돌아보았다. 반항과 욕설과 분노로 뭉뚱그려진. 그날이 그날인 것 같은, 다가올 날도 지나간 시간들과 별반 다를 것 같지 않아 손을 놓았던 시간들. 뒤통수를 세게 맞은 것 같았다.

날짜는 엄마가 집을 나가기 전부터 얼마 전까지 순차적으로 되어 있다.

4월 13일 안개가 자욱하다. 수만 겹이다.

오늘은 한 통의 전화도 오지 않는다. 문자 메시지 알람도 울리지 않는 날이다. 세상이 나를 잊어가고 있다. 아무도 찾는 이가 없다니. 나는 점점 불필요한 인간이 되어가는 것일까.

어제는 옛 직장 동료들과 술을 한잔했다. 부하 직원이었던 홍 대리가 부서원들을 모아 나를 보자고 한 모양이다. 그래도 인간적으로 따뜻하고 재미있는 상사였다고, 떠난 뒤 다들 입을 모았나 보다. 소용없는 얘기이다. 다 희미한 옛사랑의 그림자일 뿐이다. 술이 거나하게 취한 나는 술자리 끝에 그렇게 얘기한 모양이다. 절대로 사표 쓰지 말라고, 승진 같은 거에 존심 걸지 말고 가늘게 먹고 가는 똥 싸라고 얘기한 거 같다. 조직에서 나오는 순간 세상은 물 한 방울 나지 않는 사막이며 거대 파도가 몰아치는 바다이며 낭떠러지에서 뒤로 밀려 굴러떨어지는 신세라고 얘기한 거 같다. 분위기가 싸해진 것 같았지만 나는 아랑곳하지 않고 이러저러한 사업에 손을 대 32평짜리 아파트마저 날린 사연까지 얘기한 모양이다.

술값을 내려고 지갑에서 카드를 꺼내 카운터에 내밀었지만 내 카드를 받지 않았다. 분명 먼저 내밀었는데 내 카드는 보이지 않는지, 홍 대리의 카드를 받아 계산하였다. 사람들 눈에는 내가 보이지 않는 것인가.

저녁 안개 사이로 사람들이 멀어져간다. 홍 대리도 이 대리도 미스 장도, 조금 있으면 아예 형체가 보이지 않겠다. 아니, 내가 보이지 않겠다.

중간에 노트 몇 장이 뜯겨나갔다. 어떤 이야기가 달아난 것일까. 마음이 뻑지근해지기 시작했다.

5월 20일 황사로 태양도 하늘도 회뿌옇다

아침에 눈 뜨는 게 정말 싫다. 갈 곳이 없다.

해고 통보를 받던 날이 생각난다. 중간 관리자는 정리 대상 1위라는 것을 알고 각오는 했지만 막상 닥치니 억울하고 분했다. 칼을 들고 쫓아갈까 생각도 했다. 개처럼 일한 것이 오히려 잘못됐다는 생각이 들었다. 김 과장처럼 야간 대학원이라도 다니며 시간강사 자리라도 뚫어놨어야 되는 거다. 막상 칼을 들었지만 쫓아가 분풀이할 대상 또한 딱히 떠오르지 않았다. 빌어먹을, 그건 형체도 없는 괴물이다. 일개 개인의 힘으로는 전혀 대거리되지 않는 거대한 괴물.

6월 6일 모처럼 맑은 날

나는 안방에서 TV를 보고 아내는 주방에서 저녁을 짓는다. 압력밥솥 칙칙거리는 소리와 함께 밥 냄새가 밀려든다. 따뜻하다. 곧이어 애기배추에 콩나물 넣은 된장국을 끓이는지 식욕을 돋우는 시원하면서도 구수한 냄새가 난다. 침이 고인다. 아내는 배가 노란 굴비도 몇 마리 굽는가 보다. 고소한 냄새에 섞인 비릿함이 침샘을 자극한다. 딸그락거리며 수저받침 소리가 나고 그 위에 숟가락과 젓가락 놓는 소리가 들린다. 아내는 곧 나에게 저녁 드세요, 라고 말할 것이다.

그런데 아내는 태봉에게 "아빠 저녁 드시라고 해"라고 한다. 태봉은 안방 문을 열며 무심히 "아빠, 저녁 드세요"라고 말한다. 나는 말없이 국에 밥을 말아 먹는다. 굴비는 찍어보지도 않았다.

태봉이는 내가 집에 있어도 나에게 말을 걸지 않는다. 태봉의 곁에 내가 버젓이 서 있는데도 내가 없는 것처럼 행동한다. 꼭 제 엄마를 찾는다. 태봉의 방에서 아내와 태봉의 웃음소리가 잔지러진다. 뭐 새삼스러울 것도 없다. 그 전에도 그랬으니까. 퇴근 후 씻고 밥을 먹은 뒤 TV를 보고 낄낄대다 혼자 잠드는 것이 내 일상이었다. 그러고 보니 그때도 왕따였다. 다만 느끼지 못했을 뿐이다. 오늘은 내가 왕따라는 것이 뼛골에 사무친다.

일기를 쓰지 말까? 일기를 쓸수록 더 비참해지는 것 같다. 너무 초라하다. 하지만 이렇게라도 속내를 털어놓지 않으면 내장이 녹아내릴 것 같다.

몇 년 전 일이지만 그때의 분위기가 고스란히 되살아났다. 당시 아버지 마음 같은 건 안중에도 없었다. 오히려 풀 죽어 있는 아버지가 보기 싫었다. 말수가 줄고 활기라고는 찾아볼 수 없는 모습에 공연히 화가 나 집을 나가버리곤 했다.

변해버린 상황에 대해 왜 말해주지 않았을까. 무슨 일이 있을 때 가장 큰 피해를 입는 건 아이들일지도 모르는데 왜 몰라도 된다는 식으로 설명도 이해도 구하지 않은 것일까. 쉬쉬하며 아무 얘기도 해주지 않은 것이 나중엔 감당할 수 없는 지경까지 간다는 것을 모르는 것일까.

전 같지 않은 집안 분위기 때문에 눈치만 보았다. 차라리 밖에 있는 것이 더 편했다. 이사 간 반지하 방에 들어가면 물속에 들어앉은 것처럼 갑갑해서 뛰쳐나갈 궁리만 했다.

7월 15일 서서히 더워지는데 난 춥기만 하다

아내가 말을 하지 않은 지 오래되었다. 내가 옆에 있어도 외출을 해도 밥을 먹어도 의식하지 않는 듯했다. 아니, 의식하지 않으려고 노력하는 것 같다. 아내의 눈에도 내가 보이지 않는 걸까?

아내는 침대에서 혼자 잠든다. 아내는 누구랑 한 번도 잔 적이 없는 사람처럼 보인다. 나는 아내 옆에 누울 수가 없다.

내가 사라져도 아무도 찾지 않을 것 같다. 아니 찾을 필요가 없는 것이다. 내가 죽으면 어떻게 되는 것일까? 죽어보면 어떻게 될까? 확인해보고 싶다.

헉, 죽으려고까지? 심장이 툭 떨어졌다.

그 순간 전화벨이 울렸다. 도둑질하다 들킨 것처럼 일기장 잡은 손끝이 움찔 떨었다.

슬아다. 태봉은 허둥지둥 휴대폰을 찾아 전원을 꺼버렸다. 슬아고 뭐고 간에 지난 몇 년 간의 시간이 순서도 없이 불쑥불쑥 살아나 머릿속이 어지러웠다. 죽고 싶다는 부분을 읽을 때는 당시 아버지의 절망감이 덮쳐 오는 듯 숨 쉬기도 벅찼다.

아버지의 일기를 한 장 한 장 읽을 때마다 심장이 거칠게 뛰었다. 숨을 고르고 싶었다. 태봉은 서랍 속에 일기장을 넣었다. 일기장을 꺼낼 때와는 사뭇 달랐다. 몹시 무거운 물건을 오랫동안 들고 있다 내려놓은 것처럼 두 팔이 얼얼했다.

밥상 위에는 식지 않은 계란찜과 햄을 넣은 감자볶음, 맑은 콩나물국이 있다. 태봉은 밥 한 숟가락을 떴다. 밥이 목구멍을 막았다. 콩나물국을 한술 떠 넣자 밥이 식도를 누르며 아리게 넘어갔다.

근수랑 드잡이하기 전 근수가 했던 말이 떠올랐다. 넌 왜 툴툴거리는 데에만 에너지를 쓰냐고. 나른한 현기증이 온몸을 덮쳤다. 몸이 축 늘어졌다. 뒤로 벌렁 누워 천장을 올려다보았다. 바둑판 무늬의 벽지가 빙글빙글 돌았다. 태봉은 눈을 꾹 감았다.

휴대폰의 전원을 다시 켰다. 퀵클리쌤의 호출과 슬아의 문자가 들어와 있다. 물건 받을 곳과 배달할 장소가 찍혀 있다. 사무실로 가기 위해 퀵클리쌤 조끼를 꺼내 들었다. 주머니가 묵직했다. 어제저녁 슬아와 헤어진 후 머리가 무거워 바로 집으로 들어왔다. 삼촌은 다짜고짜 콜을 했다. 쉬고 싶다고 하자 삼촌은, "니, 몸 아픈 거 아이제? 그라몬 빨리 와라. 하나만 해도고. 다 출동하고 아무도 없다 아이가. 한 번만 봐주고마." 그렇게 해서 어젯밤 늦게 족발 배달을 하게 되었고 우연히 엘리베이터 앞에 떨어진 물건을 보게 되었다. 팔찌였다. 무심코 주워 주머니에 넣었다. 배달을 마치고 살펴보니 물건 안쪽에 24K라고 찍혀 있었다. 물건을 넣은 주머니가 아래로 처진다는 느낌이 들 정도로 제법 묵직했다.

까맣게 잊고 있었다. 주머니에서 팔찌를 꺼내 보았다. 그 순간 지뢰탐지기를 든 아버지의 모습이 그려졌다. 아버지도 그 사내처럼 어느 해변을 돌고 있을지도 모른다. 커다란 헤드폰을 쓰고 지뢰탐지기를 손에 든 채 사람들의 수상쩍은 시선을 한껏 받으며. 의외의 장소에 의외의 모습으로 나타난 우스꽝스러운 피에로가 따로 없을 것이다. 아이들이 파리 떼처럼 몰려들어 피에로의 얼굴과 몸을 쿡쿡 찌른 뒤 도망치거나 메롱거릴지도 모른다. 그러거나 말거나 무슨 상관이냐고 아무리 되뇌어도 이상하게 그게 아니었다.

현수막을 찾아 공항으로 향했다. 삼촌은 지정해준 시간보다 조금 일찍 가되 늦으면 절대 안 된다고 신신당부했다. 그동안 별의별 퀵을 다 해봤지만 이번 건도 단순한 배달만은 아니다. 공항 이층 로비에서 아래층으로 현수막을 떨어뜨려 달란다. 무슨 이벤트를 벌이는 건지 알 수 없지만 오더가 떨어진 이상 할 수밖에 없다.

공항 로비에 들어서자 누군가 어깨를 두드렸다. 그는 나이 지긋한 남자였으며 농아였다. 사인을 보낼 테니 현수막을 떨어뜨려 달라는 메모지를 보이며 태봉의 손을 꼭 잡았다. 어떤 말보다 더 간곡한 부탁이었다.

태봉은 이층 로비에서 그를 주시했다. 한 무리 사람들이 게이트를 빠져나왔다. 그는 고개를 길게 빼고 누군가를 찾았다. 순간 그의 얼굴이 우는 건지 웃는 건지 모르게 일그러졌다. 가슴팍에 종

잇장을 든 젊은이를 향해 그는 손을 흔들었다. 젊은이의 얼굴을
이리 만지고 저리 만지더니 그는 젊은이의 가슴에 기대 울었다.
젊은이는 그의 얼굴에 흐르는 눈물을 닦아주고 등을 토닥이며 안
아주었다. 그가 태봉을 쳐다보았다. 태봉은 현수막을 내렸다.

미안하다, 정배야.

태봉은 현수막의 글귀를 거꾸로 내려다보다 그만 코끝에 매운
기운이 몰리는 것을 느꼈다. 세상의 어느 것보다 가장 큰 목소리
였다.

퀵클리쌩으로 돌아오는 내내 한 가지 생각이 맴돌았다. 적어도
아버지는 자식을 버리지 않았다.

나는 왜 여기에 있지?

슬아에게서 전화가 온 건 사무실에 막 도착했을 때였다.

"야, 내 문자 씹지 말라고 했지? 급하단 말이야."

슬아는 숨넘어가는 소리로 신경질을 부렸다.

"뭐? 왜?"

"김일구 씨한테 연락이 왔어."

"뭐? 정말이야? 구라 치지 마라, 윤슬아. 정말 그 사람 맞아? 누가 장난하는 거 아니야?"

"장난할 사람이 누가 있냐? 쪽지를 방문 틈으로 밀어 넣는 거너도 봤잖아."

"근데 뭐래?"

"누구냐고 묻더라. 자기를 아냐고 다그쳐 묻던데. 그래서 만나서 얘기하자고 했어. 내가 아저씨를 봐야지만 믿을 수 있다고."

하여간 간이 보통 큰 물건은 아니다.

"야, 넌 겁대가리도 없이. 너 그렇게 나대다가 다치는 수 있어. 미치겠다. 그래서?"

숨넘어가게 묻는 쪽은 오히려 태봉이었다.

"만나기로. 대신에 조건이 있대."

"조건? 그게 뭔데?"

"자기 고향집에 다녀와 달래."

"뭐? 거긴 왜?"

"하태봉, 숨 좀 쉬고 물어봐라."

슬아의 목소리는 통통 튀어올랐다.

"아버지는 보나마나 병들어 죽었을 거라면서 자기 누나 소식을 알아봐 달래."

"헐, 그래서? 사실대로 말했냐?"

"야, 내가 넌 줄 아냐? 그냥 모른 척하고 고향집 주소만 불러 달 랬어."

슬아는 차마 누나의 소식을 전할 수 없었다. 차라리 행방불명이라고 둘러대는 게 좋을 것 같았다.

슬아가 고향집 소식을 전하자 김일구는 거기서 기다린다고 했다. 슬아는 김일구가 또다시 사라지면 안 된다며 빨리 가야 된다고 재우쳤다.

그 길을 다시 달렸다. 김일구를 이렇게 빨리 만날 수 있으리라
고는 생각지 못했다. 태봉은 액셀을 당기면서도 믿기지 않았다.

집은 시치미를 뚝 떼고 짐짓 빈집인 척 여전히 넝쿨에 휘감겨
있다. 과연 이 집에 김일구가 있을까, 의아스러웠다. 한바탕 귀신
들의 잔치가 끝난 뒤 버려진 듯한 괴괴함은 여전했다. 보라색 박
하꽃은 하루 이틀 새 키가 울쑥 자랐다.

슬아와 태봉이 발자국 소리를 죽이며 그 집에 들어섰을 때 눈
이 퀭한 사내가 거짓말처럼 나타났다. 슬아와 태봉은 저절로 입
이 벌어졌다. 사내를 올려다보았다. 김일구는 껑충한 키에 수염
이 덥수룩했다. 머리가 처마 끝에 닿을락 말락 했다. 그를 담기에
집은 너무나 작아져 있었다. 김일구는 불안한지 주위를 경계하는
눈빛으로 담장 밖을 기웃댔다. 자기 집에 도둑고양이 신세로 숨
어든 모양새였다.

"살아 있었군요. 살아 있을 줄 알았어요."

슬아는 달려가 유령 같은 사내의 손이라도 덥석 잡을 기세였
다. 사내는 두 눈을 씀벅이며 장작개비처럼 물었다.

"니들 말고 또 누가 알고 있냐? 여기로 오는 거 누구 본 사람
있냐?"

"없어요. 아무도 몰라요. 우리 둘뿐이에요."

설마설마하며 여기까지 왔지만 눈앞에 이렇게 실재하리라고는

생각하지 못했다.

태봉은 혀가 굳은 것처럼 아무 말도 할 수 없었다. 그런데 슬아는 그렇지 않았다. 절로 기가 나는지 목소리는 격해 있었다.

"어떻게 된 건지 알고 싶었어요. 어떻게 그 구멍에서 살아 나왔는지."

김일구는 대꾸 없이 의심스러운 눈빛만 뒤룩뒤룩 굴렸다.

어디선가 라디오 소리가 가느다랗게 흘러나왔다. 라디오 소리만이 지금이 현실이라는 것을 일깨워주는 듯했으나, 그마저도 환청처럼 아스라했다. 눈앞에 서 있는 김일구도, 괴기스러운 이 집도, 처마 밑에 서 있는 슬아와 태봉의 모습도 꿈속의 어느 한 장면처럼 현실감이 나지 않았다.

김일구는 여전히 두 눈을 뒤룩이며 담장 밖을 넘겨다본 뒤 다짜고짜 뒤란으로 향했다. 태봉과 슬아는 자연스레 손을 잡았다. 외부에 긴장할 대상이 생기면 내부는 단단히 결속되게 마련인가 보다. 진땀이 마른 손은 꾸덕꾸덕했다.

라디오 소리가 조금 더 가까이 들렸다. 뒤란은 생각보다 넓었다. 풀을 베어내어 방금 면도를 마친 것처럼 멀끔했다. 잡풀이 우북한 앞마당과는 딴 세상이었다. 산에서 흐르는 물을 돌린 것인지 대나무 수로에서는 약수 같은 물이 흘렀다.

해가 서쪽으로 기울어 그 드센 기운이 조금 꺾였다. 돌담에 오토바이가 기대서 있다. 오토바이의 백미러가 날카롭게 빛을 가르며 볕살을 되비쳤다. 결코 죽지 않는 터미네이터의 금속성 빛이 칼날처럼 예리했다. 백금으로 도금된 날렵한 머플러도 끄떡없다고 말하는 것 같았다. 태봉은 슬아를 보며 눈으로 오토바이를 가리켰다.

슬아는 믿을 수 없다는 듯이 오토바이를 훑었다. 조금 낡긴 했지만 망가진 흔적은 없다.

"너희들 뭐 하는 애들이냐? 뻘짓하는 애들이냐? 것도 세트로? 뉴스 들어보니까 날 실종으로 처리했더구먼. 씨발, 사람이 사라져도 그냥 실종으로 처리하면 다냐?"

김일구는 바위에 걸터앉으며 담배를 빼물었다. 뱉은 담배 연기가 허공 중에 시나브로 녹아들었다. 설마 저 담배 연기처럼 김일구가 다시 사라지는 것은 아니겠지? 태봉은 흩어진 담배 연기를 좇으며 생각했다.

"그그 그러게요. 있을 수 없는 일이라고 단정 지어버렸기 때문에 그런 거 아닐까요? 더 이상의 상상도 가능성도 모두 덮어버리는⋯⋯."

슬아는 눈치를 슬슬 봐가며 말했다. 태봉이 보기에 참 낯설었다.

"근데 니들은 뭐냐고. 뭐? 웜홀?"

김일구는 시비조로 물었다.

"네, 맞아요. 아저씨는 웜홀을 통과하신 거예요. 그러니까 웜홀은 뭐냐 하면 블랙홀과 화이트홀을 연결하는 우주 내 통로예요.

아저씨는 블랙홀을 통해 구멍 속으로 빨려 들어갔고 분명 화이트홀 같은 출구로 다시 뱉어지듯 나왔을 거예요."

"아이씨, 뭐가 그렇게 복잡해, 골치 아프게. 그리고 너, 나 아저씨 아니거든. 말끝마다 아저씨 아저씨는."

"아, 네……, 저희는 그 구멍도 가봤어요. 어떻게 된 건지 알고 싶어서요. 아저씨가, 아니 선생님이 죽지 않았을 거란 확신이 들어서요."

"선생님은, 무슨~."

슬아는 몸이 달았다. 어떤 것에 의해 그 홀을 통과했고 통과하면서 무슨 일이 있었는지 알고 싶었다.

"알고 싶다고? 그게 왜 알고 싶은데?"

김일구는 담배 연기를 뱉으며 슬쩍 곁눈질을 했다. 그렇게 순순하게 말해줄 거 같냐는 투다.

"내가 말해주면? 너희들은 나한테 뭘 해줄 건데?"

헉, 그럼 그렇지. 태봉은 주먹에 힘이 들어갔다. 말랑말랑, 보들보들하게 말해줄 거라고 생각하지는 않았다. 상표를 떼지 않은 낫자루가 풀밭 한편에 누워 있다. 날이 시퍼렇다.

"지난번에 부탁한 거 저희들이 다 알아봐 드렸잖아요. 그리고 여기 있는 거 당분간은 비밀로 하고 싶은 거 아닌가요?"

태봉이 시비조로 묻자, 슬아가 태봉의 손을 툭 치며 눈치를 주었다.

"어쭈~ 너 말할 줄은 아는 애였냐? 일루 와봐."

김일구는 검지를 까딱이며 태봉을 불렀다. 태봉은 고개를 빳빳이 들고 다가섰다. 슬아가 태봉의 팔을 잡으며 따라붙었다.

김일구는 태봉의 얼굴에 담배 연기를 훅 뱉었다. 태봉은 저절로 눈이 감겼다.

"새꺄, 너희들이 먼저 쪽지를 남겼잖아. 눈 깔어, 새꺄. 건방진 노무 새끼."

무쇠 솥뚜껑 같은 그의 손이 태봉의 머리로 날아올 기세다.

"잠깐만요. 죄송해요. 원하는 거 있으면 말씀하세요. 아저씨 여기 계신 거 비밀인 거 맞죠? 걱정 마세요. 비밀 사수 맹세할게요."

슬아는 선서하듯 왼손을 들어 보이며 말했다. 슬아는 숫제 간이고 쓸개고 다 빼놓은 것처럼 굴었다.

태봉은 슬아를 야려 보다 그만 고개를 수그렸다.

"이제야 말이 통하네. 장 좀 봐다 주라. 먹을 게 똑 떨어졌다. 아이 배고파~."

김일구는 한 손으로 배를 어르며 말했다. 태봉은 그러쥔 주먹을 풀었다.

"거, 앉아라. 얘기가 좀 길다. 처음엔 나도 뭐가 뭔지 믿기지 않았다. 한동안 정신이 나간 거 같더라. 그러지 않아도 입이 근질근질하던 참인데."

거드름 낀 그의 목소리가 흘러나왔다.

그곳은 통행이 뜸한 6차선 도로다. 속도 측정기가 없어서 차들이 맘 놓고 밟는 곳이지. 나 또한 그 길을 달릴 때가 제일 좋았다. 맘대로 액셀을 당길 수 있거든. 그 도로를 달릴 때는 속도를 좀 내는 편이지.

그날도 배달을 마치고 그릇을 수거하여 사천성으로 향했다. 앞에 있던 차들이 속도를 늦추며 차선을 바꿔 3차선으로 넘어가드라. 사고가 났나 그랬지. 그냥 난 버릇대로 액셀을 땡겼다. 100 이상이었을 거야. 반대편 차선이 텅 비었길래 중앙선을 넘어 그대로 쏴버렸다. 엿 같은 일이 있으리라고는 참 내~ 황당? 당황? 그럴 새도 없었다. 순식간에 그대로 붕 떠버렸으니까. 오토바이가 뜬 게 아니라, 땅이 꺼져버려 아래로 쑤셔 박고 있는 셈이지. 죽는구나 생각했다, 씨발. 깊이가 20미터라고 하는데 내가 보기에 1000미터도 넘는 것 같더구먼. 이상하게 떨어지는 속도가 빠르지 않았어. 그간의 일들이 다 떠오를 정도로. 이렇게 쫑내야 하다니. 개 같은 인생이지만 이건 아니다 싶었다. 억울하다는 생각이 들었다. 제대로 살아보지도 못하고 끝낸다는 게. 이런 말도 안 되는 구덩이 속에 처박혀 개죽음당하는 게 분하다는 생각이 들었다. 나란 놈은 되는 게 하나도 없다는 생각이 들더라. 뭐 새삼스러울 것도 없지만. 나란 놈은 늘 그랬으니까.

나는 그즈음 처음으로 마음에 드는 여자를 봤다. 돼지국밥집 딸인데 엄마를 도와 곧잘 국밥을 말거나 순대를 썰어주었지. 캬,

순대를 썰 때 그 손길을 봐야 얘기가 되는데. 말도 한마디 못 붙여봤지만.

그제야 내가 아무것도 내세울 게 없는 놈이라는 것을 알았다. 빵 들락거린 거밖에는 경력이 없드라. 지금처럼 딸배나 막노동판 아니면 내 이름 석 자 내놓을 데가 없는 거야. 어디서부터 잘못된 건지 씨발, 쪽팔리게 머리털 나고 처음으로 그런 생각이 들더라.

아, 뒈지는구나 하는 순간이었지. 자이로드롭 알지? 처음엔 소리 지르다 그다음엔 몸이 얼고 땅에 떨어져 아직 날 것 같아 저절로 눈이 감기는. 그저 오토바이만 꽉 잡았던 거 같다. 굉장히 밝은 빛이 내 몸을 통과하는 것 같았다. 강한 자석에 철가루가 쓸려 가는 것처럼 어딘가로 빨려 들어가는 것 같드라. 바닥에 떨어져 개박살 날 줄 알았거든. 그런데 탄력 있는 무엇이 오토바이를 받아주었다. 이마 위의 신경이 날카로운 칼에 썩 베이는 것 같은 현기증이 일었지. 그런 다음 내 몸에서 무언가가 쑥 빠져나가는 느낌이 들더라. 끝 간 데 없이 푸른 초원이 보일 때였어. 아, 드디어 죽었구나. 이게 황천 가는 길이구나 할 때였다. 열일곱 살의 내 모습을 본 건.

난 그때 가출한 상태였고 청소년쉼터에서 만난 형이 절도를 하자고 제의하는 장면이었어. 나는 두 번 생각할 것도 없이 고개를 끄덕거렸고, 결국 발각이 되어 그 형이 한 짓까지 옴팡 뒤집어쓴 채 전과자가 되었지. 그 이후 계속된 절도로 빵을 들락거렸지. 나를 이렇게 만든 건 그 형과 병든 아버지와 가난 때문이라며 이를 갈았다. 그러니까 니들이 말하는 그 뭐? 워, 웜홀인가 뭔가를 통과할 때 든 생각이다.

눈을 떴을 때 오토바이 시동은 꺼지지 않았고 나는 어딘가로 달려가고 있었다. 박하사탕 같은 화한 냄새가 났다. 그제야 악몽에서 벗어났다는 생각이 들더라. 그 순간 고향집 생각이 났다. 등신 같은 누나가 펌프 물로 등목을 시켜주던 곳, 가래 끓는 소리를 달고 다니며 누나에게 껄떡대던 아버지가 있던 곳. 씨발, 좋은 기억도 아니면서. 지금처럼 담장을 따라 박하꽃이 피어 있었지. 어렸을 때는 무척 싫어했던 냄샌데, 그 냄새는 순식간에 나를 고향집 마당으로 데려갔다. 십여 년 넘게 발길을 끊은 곳인데 가봐야겠다는 생각이 들더라. 그래도 고향집으로 가지 않았다. 나에게 처음으로 절도를 제의하고 뒤집어씌운 그 형을 찾아가는 게 먼저라고 생각했다. 꼴에 켕기기는 한 건지 어느 구석에 처박혀 있는지 아는 사람이 없더라. 간신히 통화만 했다.

씨발, 뭐냐고. 형이 내 신세 조진 거라고 따졌다. 그러자 그 형은 아주 태연하게 한마디 하더라.

─나는 그냥 패를 던진 거고 패를 잡은 건 너지 내가 아니야.

"씨발~ 후우~."

김일구가 뱉은 담배 연기가 공기 속으로 흩어졌다. 그가 부린 수많은 말이 그의 발치에 날것 그대로 펄떡였다.

슬아와 태봉은 감당하기 어려웠다. 한동안 말을 붙이지 못하고 일구의 담배 연기만 따라다녔다.

"그러면 여기로 온 건 무슨…… 이유인지…….'

슬아가 조심스레 말을 붙였다.

"뭐가 그렇게 알고 싶은 게 많냐, 넌?"

김일구는 담배 연기를 더 길게 내뿜었다.

"나도 몰라, 씨발. 될지는 모르겠지만 처음부터 다시 시작하고 싶은 건지도 모르지. 내가 이렇게 살아 있는 건 다 그만한 이유가 있는 거 아니겠냐?"

슬아는 장바구니에 이것저것 담더니 김일구가 주문하지 않은 새우깡, 청포도사탕, 초콜릿바 자유시간, 노란 참외를 집어넣었다. 태봉이 쳐다보자 슬아는 웃으며 써~비스, 라고 말했다.

김일구는 집을 나서는 태봉과 슬아에게 한마디 했다.

"야, 니들, 내가 니들보다 조금 더 살았기 때문에 하는 말인데, 쓸데없는 짓 하고 다니지 마라. 나처럼 되는 수 있어. 알았냐?"

슬아는 동네 어귀에서 그 집을 다시 바라보았다. 마을과 외떨어진 채 덩굴로 씌워져 있어 거기에 사람이 있으리라고는 누구도 알아채지 못할 것 같았다. 일구 아저씨는 그 안에 번데기처럼 웅크리고 있다.

소나무 사이로 비껴드는 직선의 빛살처럼 슬아는 또박또박 말했다.

"선택 우주라는 것이 있어. 선택에 따라 삶의 모습이 달라진다는 이론이야. 한순간의 선택이 자신을 어떤 길로 들어서게 했는지 일구 아저씨는 웜홀에서 보게 된 거야. 그러니까 일구 아저씨의 우주는 얼마 전의 우주와는 완전 달라진 거야. 웜홀 통과 후 오토바이와 일구 아저씨는 새롭게 원자 조합 되었을지도 몰라. 보기엔 달라진 게 없어 보이지만 분명 그렇지 않을 거야. 그래서 일구 아저씨는 그전의 삶과는 다른 삶을 살게 될 가능성이 커."

슬아는 눈 하나 깜짝하지 않고 말했다. 믿는 구석이 있는 것처럼 단언하는 투였다. 태봉이 보기에 나름 근거를 대며 말하는 슬아가 오히려 저기 먼 우주에 사는 외계인 같았다.

슬아는 골똘했던 얼굴을 깨우며 다시 말했다.

"한 번쯤은 자신을 돌아봐야 할 때가 있는 거 같아. 자신을 들여다보는 사람만이 다른 형태로 살 수 있는 기회를 자신에게 주는 거라고 생각해. 자꾸 그렇게 점검하며 길을 내는 게 제대로 사는 거 아닐까?"

슬아는 몇 년 전 수학여행 중 보았던 글귀가 떠올랐다.

Why I am Here?

어느 중학교 벽면에 쓰여 있던 그 말은 슬아의 뇌리 속에 오롯
이 새겨 있었다. 이후 스스로에게 종종 되묻곤 했던 말이다. 슬아
는 혼잣말하듯 낮게 뇌까렸다.

"와이 아이 앰 히어."

비로소 슬아는 그 말의 힘이 자신을 여기까지 데려왔다는 것을
알았다.

"뭐래~ 이제 외계어까지 하냐?"

태봉은 쥐어박듯 퉁명을 떨며 앞만 보고 걸었다.

"정해진 건 없는 것 같은데, 사람들은 마치 정해진 길이 있는
거처럼 똑같은 길로 똑같은 행동을 하며 가는 것 같아. 프로그램
이 입력된 자동인형들처럼. 더 많은 가능성이 있는 것도 모른 채
말이야. 대개 그런 부류들은 묻지도 않아, 왜 내가 여기에 있는
지……."

슬아는 태봉이 듣건 말건 허공에 시선을 붙박은 채 혼잣말처럼
말했다. 슬아의 얼굴은 조명을 받은 것처럼 노랬다. 곧 해가 떨어
지겠다.

"니 머릿속은 대체 몇 살이니?"

말은 그렇게 했지만 태봉의 머릿속은 복잡하게 얽혀들었다. 몸
을 친친 동여맨 실타래 속에 번데기처럼 웅크리고 있는 자신의
모습이 그려졌다. 나도 다시 태어날 수 있을까? 나에게도 어떤 가
능성이 있는 것인가? 태봉은 시시각각 형태를 바꾸는 구름을 향

해 물었다.

"그렇게 아는 것도 많고 생각할 것도 많은데 잠은 오냐? 아, 그래서 시도 때도 없이 자나 보다. 넌 언제부터 그런 거에 관심이 있었냐?"

"난 똑떨어지는 게 좋아. 책도 원리를 선명하게 설명해놓은 과학책을 좋아해. 미심쩍거나 미스터리한 게 없거든. 특히 물리학이나 생물학 책을 자주 보게 되더라고. 물론 문학도 좋아해. 은유와 상징, 것도 나름 멋있어. 어제 우리나라 최고의 물리학 박사가 배달원의 행방에 대해 처음으로 미스터리라는 말을 썼어. 증명할수는 없다고 하더라만, 분명 공간 이동이라는 말을 했어."

태봉은 슬아를 물끄러미 바라보았다. 참 부담스러운 아이다. 근수의 말처럼 걸핏하면 주먹 먼저 쓰는 자신과는 영판 다른 족속인데 어쩌다 엮여 여기까지 왔는지, 이거야말로 미스터리한 일이다.

슬아는 바닷가에 들렀다 가자고 했다. 태봉은 단호히 오토바이를 돌려 바닷가로부터 멀리 달아났다. 아버지에 대해 확실한 근거가 나오기 전에는 쓸데없는 상상은 하지 않기로 했다.

두 번째 서랍

일기장을 다시 꺼내 든 건 일이 밀려 연장 근무가 있다는 아버지의 전화를 받고 나서였다. 구청장이 나서서 폐휴대전화 수거 캠페인을 벌이자 수거율이 장난 아니라며 묻지도 않은 말을 늘어놓았다.

8월 20일 하루 종일 비가 내렸다. 곧 태풍이 몰아칠 기세다

자금이 모자랄 때마다 돈을 빌려달라고 괴롭혔던 삼식이에게 전화를 했다. 전화를 받지 않았다. 그동안 미안했다고, 말하고 싶었는데. 병태도 전화를 받지 않았다. 신용 대출 받을 때 보증 서 달라고 괴롭혔는데, 이젠 그럴 일 없을 거라고 말하고 싶었다. 마지막으로 충금이한테 전화를 했다. 그래도 가장 마지막까지 내 번울한 가슴을

위로해주며 소주잔을 기울였던 놈이다. 전화를 받지 않았다. 이상했다. 왜 누구와도 통화가 되지 않는 것일까? 이 번호들이 혹 허구는 아닐까. 어처구니없는 상상을 하기도 했다. 내가 정말 사라진 건가? 혼령이 어떤 것도 움직일 수 없는 것처럼, 내가 하는 짓이 아무 움직임도 줄 수 없는 것인가. 아무리 만나려고 애써도 사람들은 꿈쩍하지 않았다. 사람들에게 내가 정말 보이지 않는 것일까.

9월 10일 식은 바람이 분다. 쓸쓸하다

소주와 제초제를 사서 아버지 묘로 향했다. 아버지께 잔을 올렸다. 이승에서 올리는 마지막 잔이라고 말씀드렸다.

이렇게 떠나버린 아비를 태봉은 어떻게 기억할까? 나에게 술이나 부어줄까? 묘를 등지고 앞에 흐르는 냇가를 굽어보았다. 너무나 청명한 날이다. 죽는 날치고는 영판 어울리지 않는 분위기였다. 경쾌한 햇살과 뽀송한 바람 속에 활을 대면 맑은 바이올린 소리가 날 정도로 팽팽한 초가을 날이다. 물살도 차디차게 영글어가는지 차지게 흘렀다. 저만치 할미새 한 마리가 꽁지를 까딱이며 걸어갔다. 이내 먹이를 물고 호르륵 날아올랐다. 자잘한 물소리만 남았다. 너무나 조용했다. 나의 결심을 말리는 것은 아무것도 없다. 세상은 너무나 차분하고 냉정했다. 햇살도, 바람도, 물소리도, 나무도, 풀도…… 모두 침묵했다.

얼마나 지났을까, 요란스러운 새 울음소리가 들렸다. 저만치 종종

걸음을 치다 갑자기 절뚝거리는 작은 새를 보았다. 아버지 산소에 올 때마다 보았던 꼬마물떼새였다. 왜 절뚝거릴까? 주변을 살펴보니 무자치 한 마리가 꼬마물떼새를 쫓고 있었다. 꼬마물떼새는 물뱀과의 거리가 어느 정도 좁혀지자 호르륵 날아올랐다. 다리를 다친 게 아니었다. 어딘가에 둥지가 있을 것이고 둥지에는 얼룩덜룩한 알이 몇 개 있을 것이다. 새끼를 보호하기 위해 둥지로부터 멀어지도록 뱀을 유인한 것이다. 절뚝절뚝 다리를 저는 척하면서.

아니나 다를까, 방금 전에 날아올랐던 꼬마물떼새는 모래와 자갈로 된 둥지를 찾아 개울가에 앉았다. 알을 품기 위해 둥지로 들었다.

태봉이가 떠올랐다. 아직은 아비가 품어줘야 할 나이다. 그러고 보니 집에 들어가지 않은 지 여러 날 되었다. 허둥지둥 냇물에 발이 빠지는 것도 아랑곳없이 집으로 향했다.

깜깜한 집, 축 늘어진 태봉이가 어둠 속에 버려져 있었다. 태봉의 가늘어진 숨소리에 귀를 기울이며 울었다. 소처럼 울었다.

내가 사라지는 것을 볼 수 없다며 아내가 먼저 사라진 것이다. 달랑 쪽지 한 장 남겨둔 채. 아내가 일기장을 본 것일까?

9월 30일 햇살이 눈부시다, 처음 본 것만 같은

어느 순간, 말도 안 되는 싸움을 벌여왔다는 것을 알았다. 그건 전혀 공정하지 않은 싸움이었다. 나약한 개인에게는 패배가 전제된 그런 싸움이었다. 그렇게 목을 매고 진입하려던 거대 괴물의 손바닥에서 벗어나기로 했다. 더 이상 휘둘리고 싶지 않았다.

삶에는 한 가지 방식만 있는 게 아니다. 내게 맞는 다른 방식을 찾아 나서면 되는 것이다. 사람들이 세워놓은 한 가지 기준에 부합하려고 애쓸수록 더욱 진창이지 않았던가. 그 기준은 내가 세운 게 아니다. 이제부터 나의 설계로 내 기준을 세우면 되는 것이다. 그것은 밖에서가 아니라 안에서 주어지는 것이다. 나는 고독할지언정 기꺼이 그것을 선택할 것이다.

모든 것이 새롭다. 햇볕이 초록이 풀꽃이 호수의 물이랑이 눈에 들어오기 시작했다. 태어나서 처음 보는 것만 같다.

10월 10일 뛰기에 딱 좋은 바람이다

나는 요새 밤마다 뛴다. 마라톤 하프코스를 우연찮게 된 적이 있는데 그때 내가 살아 있다는 것에 새삼 감사했다. 뛸 때 심장이 터질 것 같은 고통이 따랐지만 그 고통도 살아 있기 때문에 오는 것이다. 죽고 싶었던 것도 살아 있기 때문에 부릴 수 있는 사치였다. 뭣 모르고 뛰기 시작했는데 거의 꼴찌에 가까웠다. 뛰다가 중도에 주저앉거나 뒤처지는 사람들이 많았다. 내 뒤에 따라오는 사람들이 없는 거로 봐서 다들 포기한 모양이다. 나도 포기하려고 한 적이 있다. 그건 삶에서 딱 한 번이면 된다. 두 번 다시 아들의 손을 놓을 순 없다. 또다시 포기한다면 영영 태봉에게 용서받지 못할 것 같다. 비록 하프코스였지만 완주를 한 뒤 하늘을 보며 웃을 수 있었다. 아무래도 태봉의 운동 신경은 날 닮은 모양이다.

자신감이라는 것이 생겼다. 도저히 회복될 수 없다고 생각했던 나무에서 조금씩 싹이 트기 시작했다. 나의 형체가 되살아나는 것 같았다. 혈관 속에 피가 흐르는 것이 보이고 뼈가 보이고 그 위를 근육과 피부가 감싸는 것이 보이며 다시 온전한 형체로 돌아오는 내가 보였다.

다음번엔 42.195킬로미터를 완주할 것이다.

12월 24일 몇 년 만에 크리스마스 이브

쓰레기라는 말에 끌렸다. 쓰레기 속에서 보물찾기 하듯 금을 찾는 일이다. 나도 엄밀히 따지면 산업폐기물이다. 그렇다면 내 속에도 금이 있지 않겠나, 아직 캐내지 못한 금광이 내 안에도 아직 빛을 내고 있지 않겠나, 생각했다. 분명 있을 것이다. 내가 어찌 폐휴대폰보다, 폐전자밥통보다 못하겠는가.

도시 광산을 꾸리는 선배를 찾아갔다. 대환영이었다. 폐휴대전화기를 수거하여 배터리를 분리하고 그 속에 든 금속을 채취하는 일이다. 폐전화기를 많이 수거할수록 인센티브가 주어졌다. 선배의 권유로 나만의 일도 할 수 있게 되었다. 주말이면 회사의 금속 탐지기를 빌려 전국의 해변을 돌기로 했다.

나는 순도 높은 금을 만들고 싶다. 버려진 것들에 오히려 순금이 있다는 것을 보여주고 싶다.

태봉은 저녁밥을 했다. 압력밥솥에 쌀을 안치고 된장찌개를 끓였다. 모든 일이 처음인 것처럼 생경스러웠다. 집 안에 온통 된장 냄새가 떠다녔다. 그렇지만 싫지 않았다.

현관문이 벌컥 열렸다. 아버지다.

"어쩐 일로 집에 있냐? 그리고 이게 뭔 냄새냐?"

"저녁밥 해놨어요."

어안이 벙벙한 채 지켜보는 아버지 앞에 태봉의 말은 장작개비처럼 나뒹굴었다.

"하, 네가? 정말이냐? 짜식~."

아버지 얼굴에 웃음기가 번졌다.

태봉은 집을 나섰다. 태봉의 뒤통수로 아버지 목소리가 성급히 쫓아 나왔다.

"뭔 일 있냐? 하하하."

오랜만에 들어보는 아버지 웃음소리다.

바람보다 빠르게 액셀을 당기고

뚝방 길로 들어서자 강바람이 불었다. 시원했다. 어느새 가만히 있어도 바람이 좋은 계절이 되었다. 슬아에게서 문자가 왔다.

잠깐 볼 수 있니?

거절한다면 슬아는 퀵클리쌩이나 집으로 쳐들어올 게 뻔하다. 집요하리만치 성가시게 군다.

체육공원으로…….

슬아가 왜 보자고 한 건지 슬쩍 겁이 나기도 했다. 여전히 어디로 튈지 통 감을 못 잡겠다. 이렇게 절절매게 될 줄은 몰랐다. 걸려도 된통 걸렸다는 생각이 들었다.

슬아는 불쑥 음료수 캔을 태봉의 눈앞에 디밀었다. 그런 다음 태봉 옆에 앉았다.

"상하가 왔었어."

슬하는 앉자마자 대뜸 말했다.

"상하가 누군데?"

"내 동생."

"어디서 왔다는 얘기야?"

"파양됐거든."

"파양? 그게 뭔데?"

"양친자 관계를 끊는 것, 그러니까 입양을 취소하는 거야."

"……."

태봉은 네 동생이 오건 말건 나와 무슨 상관이냐고 면박을 주려다가 파양이라는 말에 입이 쏙 들어가고 말았다. 혀끝에 많은 말이 나돌다 엉켜버린 느낌이 들었다. 가로등 불빛 아래는 나방들의 날갯짓이 요란했다. 심란하게 불어대는 겨울바람 속의 눈발 같았다. 허공에 짓찧어대는 눈발은 어떤 방향도 가늠할 수 없다.

슬아는 가로등을 외면한 채 점차 어두워지는 밤하늘을 바라보며 말을 이었다.

어제저녁, 거실에 있는 컴으로 인강을 보고 있었어. 엄마, 아빠는 성당에 미사를 보러 갔거든. 상하가 불쑥 들어오더라고. 난 머리에 쓰고 있던 헤드폰을 벗었어. 상하가 파양된 게 아니라 그동안 나와 스케줄이 맞지 않아 마주 볼 일이 없었던 거였구나, 라고 생각했지. 공연히 파양했다고 엄마를 오해하고 나도 제거될지 모른다고 공포에 떨었다는 생각을 했어.

아무렇지도 않게 나는 다시 컴을 봤어. 상하는 버릇처럼 식탁으로 갔어. 내가 속이 좋지 않다며 저녁을 먹지 않자 엄마는 식탁을 그대로 두었거든.

"어, 야채치즈빵이네. 내가 이거 먹고 싶은 거 어떻게 알았지? 역시 울 엄만 눈치 짱이야."

난 분명히 비닐봉지 뜯는 소리를 들었고 상하의 목소리도 들었어.

"와, 계란말이도 있네. 갈치구이도 있고. 등갈비찜까지. 밥 먹어야지."

상하는 말할 때 리듬을 넣는 버릇이 있는데, 그대로였어. 저러다 노래까지 하겠다, 하는 생각이 들었으니까.

상하는 쩝쩝거리며 맛있게 밥을 먹었어. 밥그릇에 수저 부딪는 소리, 젓가락 찍는 소리가 참 맛있게 들렸어. 나도 먹고 싶은 생각이 들 정도였으니까. 친구들과 트램펄린 한판 뛴 다음 배고파서 들어온 것처럼 허겁지겁 먹었어. 등갈비의 살을 발라내느라 뼈를 쪽쪽 빠는 소리도 들렸어. 언제 엄마에게 쫓겨난 적이 있냐는 듯,

너무나 사랑스럽고 착한 모습이었어.

"누나, 나 간다."

그 소리에 컴에서 눈을 떼 뒤돌아보았어. 아무도 없었어. 너무나 조용했어. 분명 상하가 있었는데, 현관문 열리는 소리가 나지도 않았는데, 사라지고 없는 거야. 허둥지둥 식탁으로 가보았어. 야채치즈빵도 그대로고, 계란말이와 갈치구이, 등갈비도 그대로였어. 그렇지만 난 분명히 상하의 목소리를 들었고, 밥 먹는 소리도 들었단 말이야.

슬아는 두 무릎 사이에 고개를 묻었다. 태봉은 듣는 내내 등골이 오싹하게 조여들었다. 도대체 이게 열일곱 살 여자아이 입에서 나올 만한 소리인가 묻고 싶었다.

"상하에게 무슨 일이 있는 건 아니겠지?"

슬아는 겁에 질린 목소리로 물었다. 되바라질 정도로 당찬 슬아의 모습은 온데간데없다.

"상하가 어디로 갔는데?"

"정확한 건 아니지만, 아마 보육원으로 갔을 거야."

슬아는 그 말을 끝으로 한동안 말이 없었다. 태봉도 무엇을 어떻게 말해야 할지 막막하기만 했다. 점점 어두워지는 하늘만 우두커니 바라보았다.

"하태봉, 부탁이 있어. 난 지금 너무 불안해. 엄마는 내가 심상치 않다는 것을 눈치챈 것 같아. 내가 기면증이라는 것을 아는 것도 시간문제일 거야. 바로 들통 날지도 몰라. 그러면 나도 상하처럼 파양될 거야, 아마."

태봉은 머릿속이 어지러웠다. 뭘 어떻게 해야 하는 건지 난감했다.

"내가 할 일이 뭔데?"

태봉은 무엇이 되었든 슬아의 부탁을 들어줘야겠다고 생각했다. 기껏해야 상하가 있는 보육원에 데려다 달라는 정도이겠지. 그건 부탁이랄 것도 없다. 지금이라도 당장 할 수 있는 일이다.

"일구 아저씨가 빠졌던 웜홀, 우리도 한번 시도해보는 거야. 같은 시간대에 같은 속도로 달리면 가능할 것 같아. 나의 선택이 어디서 잘못된 건지 알고 싶어. 내가 왜 이렇게 살아야 하는지 알고 싶다고. 혹시 알아? 내가 꿈꾸던 모습을 볼 수 있을지?"

슬아는 냉정한 엄마의 얼굴이 떠올랐다. 시험 답안을 새로 마킹하라고 했던 국어샘의 얼굴이 떠올랐다. 그들은 다 알고 있다. 언젠가는 다 밝혀지고 말 열쇠를 들고 슬아의 목을 조르고 있다.

"뭐? 구멍 속으로 들어가겠다고? 미쳤니? 죽을지도 모르는 일이야. 너 구멍 속에 나뒹굴던 철가방 봤지? 처참히 찌그러진 그 철가방 신세가 될지도 모른다고~."

태봉은 눈앞이 핑그르르 돌았다.

"그렇지 않아, 일구 아저씨를 봤잖아. 그 구멍을 통과하는 속도는 시속 100킬로미터야. 동영상을 분석한 결과도 그랬고, 일구 아저씨도 달릴 때 100이 약간 넘었다고 했는데 허공에 뜨면서 속도가 떨어져 정확히 100이 된 거야. 우리도 그렇게 맞추면 가능해."

"우리? 너와 내가 동시에?"

태봉의 목소리는 점점 커졌다. 갈수록 첩첩이었다.

"부탁한다고 했잖아. 너도 지금의 너를 만든 결정적인 순간이 무엇인지 궁금하지 않니? 내가 보기엔 너도 마음에 안 드는 것투성이든데."

"아니, 뭐 별로. 마음에 들 것도 안 들 것도 없어. 난 너만큼 하고 싶은 것도 되고 싶은 것도 누구에게 강요당하는 것도 없거든."

"남들은 그런 너를 다 문제 삼는데 너만 문제가 아니라고 생각하는 것 같더라. 사실은 네가 더 심각하다고 봐. 그렇게 버리듯 사는 게 쉬운 건 줄 아니? 넌, 인간 본능에 위배되게 사는 거야. 사람의 본능은 살고 싶은 거지 죽고 싶은 게 아니거든."

또 잘난 척이다. 주특기구먼. 대학 강단에 서도 끄떡없겠다. 태봉은 슬아가 잘난 체할 때마다 치밀어 오르는 아니꼬움을 누를 수가 없어 심사가 또 꼬였다.

"그리고, 이 사회가 널 가만히 둘 거 같아? 타인의 시선으로부터 자유로울 수 있는 거, 그거 보통 힘든 경지가 아닐 거다, 너. 산 사람이 죽은 것처럼 사는 게 쉬운 일일 거 같냐? 절대 그렇지 않을 거다. 차라리 나 살아 있다고 바락바락 기 쓰며 사는 게 훨씬

쉬울걸. 할 일도 많고 재밌기도 하고. 그리고 좀 솔직해져봐. 별로 살고 싶지도 않다는 애가 뭘 그렇게 벌벌 떠냐?"

윤슬아는 어디 말 잘하는 학원이라도 다니는 모양이다. 슬아의 말을 듣다 보면 어느새 생각이 그쪽으로 쏠렸다. 슬아에게 아니라고 반박하기엔 말발도 달리거니와 딱히 틀린 소리도 아닌 것 같았다. 그동안 짐작만 하고 있던 자신의 상태를 슬아가 더 많이 파악하고 있다는 생각이 들자 진짜 쪽팔렸다.

"네가 얼마나 모순 덩어리인 줄 알아? 살고 싶지 않다고 푸념하며 노릇하게 잘 익은 삼겹살 골라 상추 위에 척 올려 생마늘에 구운 버섯까지 넣어 쌈 싸먹는 사람과 뭐가 다르냐? 너, 정말 웃기는 애야. 난 네가 쌍깃발 들어 환영할 줄 알았는데, 영 실망이다."

"야, 너, 그 잘난 체 좀 어떻게 안 되냐? 씨이~ 그건 인마, 너 때문이지. 나 나 때문이 아니라……."

태봉은 버벅거리며 말끝을 흐렸다.

"오~ 그래? 그럼 순수한 너의 마음은 접수해줄게. 우리나라 청소년들의 삶의 만족도는 47퍼센트, 그러니까 절반도 넘는 아이들이 불만족 상태로 사는 거야. OECD 국가 중 최하위지. 너와 나도 거기에 속해. 그렇다면 한 번쯤 모험할 필요가 있는 거 아니겠니? 뭔가 다른 돌파구를 마련해봐야지. 이렇게 무기력하게 눌려 살 수는 없잖아. 한 번쯤 용기를 내보는 것도 그닥 나쁘지 않다고 봐. 준비할 건 딱 한 가지, 용기뿐이야. 또 다른 나의 모습과 맞닥뜨릴 용기."

태봉은 OECD 어쩌고 하며 쉬지 않고 말하는 슬아를 정신 나간 사람처럼 물끄러미 바라보다 도리질을 쳤다. 이대로 두었다간 슬아의 페이스에 또 말려들고 말 것이다.

"너, 나한테 일부러 그러는 거지? 일부러 통계 어쩌구 하며 기죽여 놓고 물귀신처럼 끌어들이는 유치 뽕짝 작전이지?"

슬아가 점점 자신을 우습게 본다는 생각이 들어 태봉의 비위짱이 다시 틀어졌다.

"야, 웬 쓸데없는 자격지심? 관둬라, 내가 당장 오토바이를 배워서라도 해볼 거니까. 막차 보내고 후회하지나 마셔."

슬아는 일어나 엉덩이를 탈탈 털었다.

"그래 씨발, 한 번 죽지 두 번 죽겠냐~. 나도 뭐 별로 이 세상에 미련도 없다."

"또 그 소리다. 나는 죽자고 이 일을 하자는 게 아니야. 살고 싶어서 이러는 거라고. 알아? 그리고 죽겠다는 소리 좀 작작해라. 그렇게 애쓰지 않아도 살아 있는 것들은 언젠가는 죽게 되어 있어. 죽음을 향해 달려가는 기차를 탄 거나 마찬가지라고."

슬아는 다 살아본 사람처럼 말했다. 바람이 불었다. 나뭇잎들이 자잘하게 흔들렸다.

"넌 무슨 애가. 대체 니 나이가 몇 살인 줄은 아니? 돌겠다, 증말."

눈앞에 희끗한 것이 팽그르르 돌며 흩날렸다. 그것은 바람결에 날아올랐다가 잦아들며 땅에 떨어졌다.

"어? 느릅나무 씨앗이네."

슬아는 반색을 하며 비늘 같은 것을 주워 올리며 두리번거렸다.

"이게 저 나무 씨앗이야."

슬아는 벤치 옆 덩치 큰 나무를 가리키며 말했다. 태봉의 손바닥 위에 씨앗을 몇 개 떨어뜨려 주었다. 새끼손톱보다 작았다. 부채처럼 생긴 날개 안에 작은 씨앗이 옹이 박혀 있다.

"잘 봐. 이렇게 작은데도 요 씨앗들이 살기 위해 나름 궁리를 했어. 볼래? 날개 끝을 봐. 살짝 틀어져 있지?"

아닌 게 아니라 한쪽으로 비틀어져 있다. 슬아는 태봉의 손바닥을 툭 치며 공중에 던져보라고 했다. 태봉은 어디까지 가나 볼 심산으로 슬아가 시키는 대로 했다. 씨앗을 흩뿌리자 공중에 눈발 같은 것이 날렸다. 그런데 일정한 모양을 내며 한 방향으로 날았다. 빙글빙글 나선형으로 돌며 바람을 타는 것이다. 수십 개의 바람개비가 돌아가는 것 같았다. 태봉은 얼빠진 사람처럼 바라보았다. 그제야 슬아가 했던 말이 떠올랐다. 살기 위한 궁리……

"식물들의 세계는 사람하고 다른 줄 알았어. 근데 잘 생각해보니까 꼭 다르지도 않아. 씨앗은 엄마로부터 멀리 가야만 살 수 있어. 엄마랑 같이 있으면 모든 경쟁에서 지고 말거든. 햇볕도 양분, 수분도 모두 불리해. 그래서 멀리 가기 위해 온갖 방법을 다 동원하지. 그렇게 생각하면 사람도 마찬가지야. 어렸을 때나 전부인 양 징징대며 부모를 찾지만 자랄수록 그렇지 않잖아. 사람도 지나치게 부모 그늘에 있으면 반푼이밖에 더 되겠냐~."

끝끝내 잘난 척이다. 태봉은 자리에 벌떡 일어났다. 자신의 아
킬레스건을 들킨 것 같아 얼굴이 달아올랐다.

"야, 그런 넌? 너는 왜 그렇게 지금의 엄마와 친부모한테 집착
하시는데? 목숨까지 저당 잡히면서?"

"어쭈~ 하태봉~, 제법 날카로운데? 나도 잘 몰랐는데 알게 된
거야. 너를 통해서. 넌 아무도 필요 없는 것처럼 행동하지만 실제
는 그렇지 않다는 걸 알았어. 외로운 것을 티 내지 않기 위해 오
버액션을 한 거지. 그건 나도 마찬가지야. 나는 지금의 엄마 품이
제일 안전하다는 것을 알아. 여기서 내쳐진다면 지금 엄마로부
터 받는 살뜰한 보살핌은 없어. 다른 집 아이들과 내 위치가 다르
다는 것을 몸이 먼저 알기 때문에 기면증도 생긴 거야. 그건 본능
같은 거야. 어렸을 때부터 키워진 불안으로부터 나를 안전하게 보
호하는 길은 엄마가 원하는 사람이 되어야 한다는 거였어. 그러지
않으면 언제든 제거될 수 있다는 불안이 나를 늘 지배했어. 실제
로 상하가 내 눈앞에서 사라졌고. 그럴수록 자라는 것은 살아남아
야 한다는 거야. 그래서 지금 엄마의 안전함은 가장 불안한 것과
상통하기도 해. 그렇지만 엄마가 원하는 대로 엄마의 매뉴얼대로
사는 건 아니라고 생각해. 왜냐? 삶은 내가 사는 거니까. 그래서
내가 왜 여기 있는지 알려는 거야. 그건 너도 마찬가지야."

디데이는 내일로 잡았다.

태봉은 아버지의 일기장 위에 금팔찌를 올려놓았다. 그런 다음 폐휴대폰이 든 마대 자루를 아버지 방으로 옮겨두었다. 노란 포스트잇 위에 메모를 했다.

길에서 주웠습니다.
폐휴대폰은 친구들과 함께
수거한 겁니다.
필요한 데 쓰세요.

근수에게 폐휴대폰이 필요하다고 했더니 이틀 만에 한 자루를 모아 왔다. 도깨비 같은 놈이다. 집에 폐휴대폰이 열 개 넘는 아이들이 허다하단다. 폐휴대폰 모으기 캠페인을 벌이면 공급은 얼마든지 가능하다고 했다. 근수는 신이 났다. 드디어 하태봉이 뭔가 하고 싶은 일이 생긴 것만으로도 좋은 일이라며 설레발을 쳤다. 그러고 보니 그랬다.

누군가를 위해
하고 싶은 일이 생겼다.

잘나갈 때 항상 브레이크를 거는 건 꼴통 담임이었다. 종례 시간에 들어와 공연히 소지품 검사를 한다며 사물함이고 뭐고 물건을 죄다 꺼내 책상 위에 올려놓으라고 했다. 근수는 마대 자루를 책상 옆에 모셔 두고 검열을 받았다. 담임은 자루 속에 든 전화기를 보고 기겁을 했다.

"이 새끼, 이거 이거 이거 어디서 이렇게 많이 났냐? 훔쳤냐? 아님, 애들한테 상납받았냐? 촌에서 올라와 건실하게 알바 하며 공부한다길래 봐줬더니 요새 뭔 짓 하고 다니는 거냐?"

담임은 여전히 말할 때마다 상대방의 머리를 짓이기며 말했다. 눈에 보이는 폭력은 아니지만 정신적 모욕은 지대로이다. 당해본 사람은 안다.

"훔친 거 아니고요, 삥 뜯은 것도 아니거든요. 더군다나 상납요? 거 좀 덮어놓고 의심하는 것 좀 버리세요."

어쭈, 오근수, 제법이다. 지랄배기 담임에게 저렇게 들이댄 녀석은 여태 없었다.

"요거, 요거 말하는 싸가지 좀 봐라. 그럼 뭐야, 인마~."

생각보다 담임도 길길이 날뛰지 않았다. 근수가 담임에게 무슨 약을 먹인 건지 알 수 없다.

"수거한 겁니다."

"수거? 네가 무슨 구청 공무원이냐? 수거하고 돌아다니게? 뭐에 쓰려고?"

"선생님, 도시 광산 그런 거 모르세요? 폐휴대폰이 광맥이라고 구청에서 캠페인까지 벌이고 있는데······."

"맞아요. 그거 1학년 아이들이 자발적으로 모은 거예요."

아이들이 이구동성으로 맞장구쳤다.

"모았다고? 왜?"

"캠페인 참여라고 하잖아요."

태봉이 윽박지르듯 시비조로 잘라 말했다.

"우우우~ 맞아요."

아이들은 야유조의 함성과 함께 또다시 맞장구를 쳤다. 담임은 슬슬 밀리는 눈치다.

담임은 미심쩍은 눈초리로 아이들을 휘둘러보더니 기 싸움에서 밀린 야생 짐승처럼 어슬렁어슬렁 교실을 빠져나갔다.

속이 다 시원했다. 그동안 핍박받은 거에 비하면 아무것도 아니지만 조금이나마 속풀이는 된 것 같았다.

학교 파할 무렵 퀵클리 형이 와서 폐휴대폰을 집까지 모셔다 주었다. 모셔다 주었다는 표현이 어울렸다. 온갖 고난과 역경을 딛고 하태봉 님의 품에 안겨주고 싶은 근수의 우정 어린 마음이 담긴 폐휴대폰이었다.

"얀마, 닷근, 도시 광산, 광맥 이런 거는 어떻게 알았냐?"

"사무실서 아버지 뵌 적 있어. 네가 부럽더라 인마, 그런 아버지가 계신 게. 아버지는 당당하게 이런 일을 하고 있다고 말하시더라. 그때 알았지."

태봉이 폐휴대폰 얘기를 꺼냈을 때 근수가 지나치게 나댄 이유가 있었다.

"폐휴대폰 1톤에서는 금이 400그램 나온단다. 금광석 1톤에서는 6그램이 나오는데 말여. 금광석 1톤을 캐내려면 땅을 얼마나 파야 하는데. 폐휴대폰은 그럴 필요가 없으니 광맥도 그런 광맥이 없는 거지. 거기다 쓰레기가 금이 되다니, 엄청난 거 아니냐?"

하여간 오근수 이 자식은 사람 쪽팔리게 하는 데 선수다.

웜홀로 들어가기 전에 아버지에게 뭔가를 줄 수 있다는 게 그나마 다행이었다. 이대로 태봉이 떠나버리면 아버지는 애써 잡은 세상과의 끈을 놓아버릴지도 모른다.

다시 돌아올 수 있을까? 믿고 바라면 저 먼 다른 우주도 움직일 수 있다고 했다. 그러고 보니 점점 슬아의 궤변에 젖어들고 있다. 스리슬쩍 슬아가 했던 말들이 머릿속에 끼어들어 태봉을 조종하는 것 같았다.

근수를 만나기 위해 퀴클리쌩으로 향했다. 텃밭에는 초록색 고추가 동그랗게 꼬부라지고 있다. 어느 것에는 고추꽃이 하얗게 매달려 있다. 보라색 가지꽃도 탐스럽다. 가지꽃이 이렇게 예쁜지 몰랐다. 보라색 벨벳 드레스로 한껏 치장한 고혹적인 귀부인 같았다. 고추에도 가지에도 꽃이 핀다는 걸 처음 알았다. 오이는 넌 출하게 덩굴을 뻗어 고춧대에도 가지에도 엉겼다. 어떻게든 꽃을 피워 열매를 맺겠다는 의지의 소산인지 여기저기 노란 꽃을 피웠다. 상추는 배추만큼 벌어졌다. 텃밭이 아니라 꽃밭이었다.

사무실 한편에 할리데이비슨이 위용을 자랑하며 서 있다. 오늘따라 백금으로 반짝이는 머플러는 천금준마의 허벅지처럼 육감적으로 기운차 보였다. 마치 나는 달리고 싶다고 외치는 듯했다. 태어나서 한 번도 달리지 않았는데 근육이나 위용은 전혀 줄지 않았다. 삼촌의 결연한 의지가 들어 있기 때문일까. 삼촌은 컴 앞에서 주문서를 정리하고 있다.

"우예 왔노. 오늘은 니 안 불렀는데."

"삼촌, 삼촌은 살면서 후회되는 순간 뭐 그런 거 없어?"

삼촌은 태봉을 바라보며 뭔가를 감지하려고 애쓰는 것처럼 두 눈을 궁굴렸다.

"이상타, 하태봉. 니 너무 심각해지는 거 아이가? 봐라, 태봉아, 사람이 한꺼번에 그래 변해뿔면 못쓴다 앙카나. 일찍 죽는다 카드만. 니 그래 하믄 겁난데이."

누가 말만 붙이면 저렇게 말이 많다.

"이눔아야, 사람이 살민서 후회하는 기 없으면 그기 사람이가? 후회는 아무리 빨리 해도 늦었다고 앙카나. 그래서 난 후회 안 한다. 후회할 일도 내 인생이고 내 선택이었는데 그걸 후회해서 우짜겠노? 그냥 받아들이면 괘안타. 대신 두 번은 없데이. 봐라 태봉아, 사람은 실수가 있기 때문에 반성도 하고 뭐라 해야 하노, 뭐 깊어지기도 하고 그라는 기다. 가만있어 봐라, 하태봉 니 혹 사고 쳤나?"

"사고는 무슨~."

태봉이 눈을 부라리며 답하자 삼촌은 바로 꼬리를 내렸다.

"아님 말그로."

삼촌은 턱수염을 긁은 뒤 입맛을 쩝쩝 다셨다. 후회할 일도 그 사람의 삶이라고? 그것을 부정하지 않고 인정하는 것. 실수가 중요한 것이 아니고 그것을 어떻게 받아들이고 생각하느냐에 달려 있다는 것? 뭐가 이렇게 어려운지 모르겠다.

근수가 들어왔다. 태봉을 보며 반겼다. 슬아를 본 이후 근수는 태봉을 볼 때마다 알 수 없는 웃음을 날렸다. 잘돼가냐, 뭐 그런 투다. 그런 거 아니라고 눈을 사납게 굴려도 근수는 누가 뭐라더냐 식이다. 그런 다음 근수는 눈 한번 되게 높다며 엄지손가락을 추켜세웠다.

웜홀로 들어가는 것을 근수에게 말해야 할까? 말을 꺼내면 얘기가 복잡해질 것이고 근수가 찬성할 리도 없을 것이다. 자칫하다간 물귀신처럼 근수까지 끌어들이는 격이 될지도 모른다.

잠깐 바람이나 쐬자며 근수와 함께 체육공원 쪽으로 걸었다. 절개지에 하얀 꽃이 피었다. 온통 새하얗다.

"태봉아, 저렇게 하얗게 덮은 게 뭔 꽃인 줄 아냐? 개망초여. 난 저 꽃을 볼 때마다 할머니 생각도 하고 우덜 생각도 해."

근수가 말하기 전에는 눈에 들이지 않았던 것이다. 저것도 꽃이냐? 묻고 싶었다.

"아주 시를 써라."

"저 꽃은 말여, 누가 꽃이라고 불러주지도 않아. 뽑아내고 또 뽑아내도 여름만 되면 공터마다 하얗게 피어나는 게 저 꽃이여. 나는 서울이 하 공기가 드러워 꽃이 필라나 했는데 개망초는 서울 시골도 안 가려. 우리 할머니도 솥뚜껑 닦으며 맨날 엄마, 아빠 욕했지만 꼿꼿하셨고, 나도 어뗘냐, 이만하면 사막에서 우물 파서 물 팔아먹고 살 거 같지 않냐? 너도 인마, 내가 너한테 반한 건 그거여. 언제나 당당한 거. 장래 희망에 잉여인간이라고 썼다고 담임한테 열라 깨질 때 나도 좀 웃었다. 그런데 가만히 보니까 그닥 틀린 말도 아니더라. 몇 명을 제외한 나머지를 패배자로 만드는 게 현실이잖아. 누구보다 네가 우리의 처지를 냉철하게 안다는 생각이 들더라. 자신을 조금이라도 알고 있는 사람한테는 왠지 믿음이 가지 않냐? 그래서 내가 몰매를 맞아가며 너한테 엎어진 겨."

"알긴, 개뿔……. 꿈보다 해몽이다. 당당? 그냥 되나가나 꽥꽥거려보는 거지."

"뭐? 하하하. 야, 하태봉 님 마이 달라졌다. 겸손도 떨 줄 알고."

근수는 태봉을 요모조모 뜯어보며 말했다.

"내가 개망초라는 걸로 노래 하나 만들었는데 들어볼랴? 그거 보시더니 문학샘이 울었어야. 내가 누군가의 마음을 움직인 거여.

나보고 시인이란다. 예쁜 문학샘이. 오근수 출세했지?"

근수의 입이 하얗게 벌어졌다. 웃는 입이 온통 얼굴을 덮었다.

피어라 피어라 온 들판

하얗게 새하얗게 덮어라

아무도 눈여겨보지 않아도

8월 짱짱한 여름볕 속에

나도 꽃이다, 나도 꽃이다

고개 당당히 들고 외쳐라

하얗게 새하얗게 덮어라

태봉은 근수에게 손을 내밀었다. 근수는 무슨 영문인지 몰라 벙찐 표정으로 태봉의 손을 멀뚱히 바라보기만 했다. 태봉은 근수의 손을 덥석 잡았다.

"왜 이래, 하태봉……, 겁나게."

근수는 어안이 벙벙한 채 걸었고 태봉은 앞을 보며 담담히 걸었다. 근수는 퀵 호출이 있어 바로 출동을 했다. 태봉은 삼촌에게 선불이라며 퀵비를 접수하고 오토바이를 꺼냈다. 이번엔 태봉이 퀵비를 냈다. 가장 특별한 배달일 터였다.

슬아와 약속한 시간이 다 되어간다. 만나기로 한 버스 정류장으로 향했다. 슬아는 머리를 한 갈래로 묶었다. 하얀색 헬멧을 씌워주었다. 슬아의 눈빛은 확신에 차서 결연하기까지 했다.

"통과했다 하더라도 이곳으로 돌아오지 못하면 어떻게 할 거냐?"

태봉이 물었다.

"그것도 그리 나쁘지 않아. 그렇지만 난 꼭 돌아올 거야. 아직 할 일이 남았거든."

"준비됐냐? 출발한다."

마음을 다잡듯 슬아에게 물었지만 태봉 자신에게 던진 물음이기도 했다.

태봉은 부앙부앙 공회전 소리를 내며 출발 신호를 세상에 보냈다. 다시는 돌아오지 못할지도 모른다. 솔직히 누가 좀 말려줬으면 좋겠는데…… 아무도 없다.

"오케이~."

슬아는 완전 밤 산책 나가는 기분을 냈다.

미적지근한 저녁 공기는 조금씩 습기가 붙는지 보송하지만은 않았다. 시내를 벗어나 국도를 달리자 풀 냄새가 시원했다. 기온이 조금 내려간 듯 바람은 선듯했다. 슬아는 죽은 듯이 태봉의 등 뒤에 붙어 있다. 시속 100킬로미터 이상이어야 한다. 태봉은 스피드미터를 보며 게이지를 맞췄다. 지금 100이 조금 넘었으니 홀에 들어가기 직전까지 1킬로미터 정도 오버하면 된다고 했다. 과연 환한 빛과 만날 수 있을까?

거의 다 와간다. 저만치 노란 안전판으로 가려놓은 구멍이 보인다. 태봉은 구멍 주위에 오토바이를 세운 후 안전판 하나를 젖혔다. 문짝 하나를 슬쩍 밀었을 뿐인데 활짝 열리는 것 같았다. 빗장 하나 질러 놓은 것 없이 문짝은 너무나 허술했다. 마치 어서 오라고 맨발로 뛰쳐나와 맞아주듯 쉽사리 열렸다.

구멍은 여전히 굶주린 짐승의 시커먼 아가리 같았다. 저것의 먹이가 되어야 하다니. 것도 자진해서 제물로 바치는 꼴이라니. 태봉은 아직도 확신이 서지 않았다. 여기까지 온 건 순전히 슬아의 세뇌와 태봉의 어정쩡한 태도 때문이다. 그렇다고 다시 번복할 수는 없다. 그건 진짜로 쪽팔리는 짓이다. 슬아 앞에 더 이상 구길 폼도 없다.

슬아는 바투 서서 아래로 갈수록 까맣게 잠식된 홀 안을 들여다보았다. 여전히 푸른 알갱이가 유영하며 신비한 기운을 품어냈다. 분명히 어딘가로 안내해줄 것이다. 처음부터 의심 같은 건 품지 않았다. 그래서 두려움은 없다. 오히려 구멍 밖의 세상이 훨씬 더 두렵고 무섭다. 더 이상 쫄기 싫다. 태봉에게 말했던 것처럼 살기 위해 이곳에 온 것이다. 슬아는 두 손을 다부지게 그러모았다.

서로 아무 말도 하지 않았다. 행동밖에 남아 있지 않다는 것을 그들은 너무나 잘 알았다.

태봉은 슬아를 태운 채 구멍으로부터 거리를 두기 위해 멀리 달렸다. 한참을 달린 후 오토바이를 다시 돌렸다. 숨이 벅차게 올라왔다. 가슴이 빵빵해지며 더운 김이 코끝으로 쏟아졌다. 태봉은 숨을 뱉어내며 슬아의 얼굴을 뒤돌아보았다. 슬아의 눈빛은 주저함이 없다. 오히려 더 확고해 보였다. 흔들리는 모습을 보이지 않기 위한 안간힘일지도 모르겠다. 분위기가 무거웠다. 태봉은 헬멧을 쓴 슬아의 머리를 장난치듯 한 대 때렸다. 그런 다음 곧바로 액셀을 올렸다. 틈을 주어선 안 된다. 주저하면 안 된다.

바람결에 옷깃이 펄럭였다. 빵빵하게 부풀어 오른 소맷자락은 쉴 새 없이 파닥거렸다. 스피드미터는 100이 조금 넘었다. 이 상태로 유지하면 되는 것이다.

슬아는 태봉의 허리를 더욱 옥죄었다. 태봉이 오토바이를 놓지 않고 슬아가 태봉을 놓지 않는다면 무사히 통과할 수 있을 것이다. 일구 아저씨처럼.

갑자기 거센 바람이 맞불어왔다. 돌개바람이었다. 예상치 못한 바람이다. 바람과 맞서 달려야 한다. 바람의 세기만큼 뒤로 밀리는 느낌이 들었다. 그렇다면 허공에 떴을 때 속도가 떨어질 수도 있다. 태봉은 속도를 조금 더 올렸다. 불어오는 바람에 맞서 구멍 위로 날아야 한다. 구멍에 다다른다 해도 절대로 눈을 감아선 안 된다. 두 눈 똑바로 뜨고 저 두려움과 충돌해야 한다.

어느 순간 오토바이는 붕 떠올랐다. 태봉은 가까스로 액셀을 당기며 속도를 맞추려고 애썼다. 자칫하다간 영원히 다른 우주로 갈 수 있다. 어스름 녘의 하얀 낮달이 창백하게 푸르다. 이제 막 불이 들어오기 시작한 가로등 또한 핼쑥한 낮빛으로 그들을 지켜보고 있다. 오토바이는 아래로 떨어졌으며 스피드 미터가 서서히 100에 맞춰졌다. 까만 어둠 속에서 스피드미터만이 돌출되어 보였다.

이상하게 안도감이 들었다. 태봉은 자신이 할 수 있는 일은 여기까지라는 생각이 들었다. 그다음 영역은 태봉이 할 수 있는 일이 아니다. 온전히 다른 손길에 맡길 수밖에 없다.

순간 어쩔한 현기증이 일었다. 태봉은 머리칼이 쭈뼛 일어설 만큼 소름이 돋았다. 그 순간 자력에 이끌리듯 푸른 알갱이들 속으로 빨려 들어가는 느낌이 들었다. 노란 빛살들에 섞여 쭉쭉 빨려 들어갔다. 속도가 느껴질 만큼 빠르지도 그렇다고 느리지도 않았다. 그러다 어느 순간 강한 형광빛이 눈과 눈 사이를 관통하는 것 같았다. 광선 칼에 이마빡을 가격당한 듯한 느낌이 들었다. 태봉은 기어이 눈을 감고 말았다. 눈을 뜰 수가 없다. 그 빛은 예리한 검의 양날처럼 너무나 위협적이었다.

일구 아저씨가 그랬다. 길지 않은 자기의 인생이 파노라마처럼 죄다 지나가다 어느 한 장면에 멈췄다고. 구멍의 깊이는 20미터가 아니라 1000미터도 넘는 것 같다고.

태봉의 눈앞에도 길지 않은 지난날들이 지나갔다. 엄마가 짐을 꾸린 뒤 손을 내밀었을 때 고개를 젓는 태봉의 모습이 보였다. 어스름 저녁이었다. 불 켜지 않은 반지하 방에 어둠이 잠입해 들어올 즈음 엄마가 재차 손을 내밀어도 태봉은 완강하게 고개를 저었다. 점점 어둠 속에 묻힐 즈음, 아버지의 모습이 보이고 삼촌과 할리데이비슨이 보이고 비트박스를 넣는 근수가 보였다. 화면은 영화 필름처럼 차례로 지나갔다.

그 순간 오토바이가 무엇엔가 부딪는 둔탁한 소리가 들렸다. 충격은 없었다. 땅에 닿을 때 충격이 없는 건 자기장 덕분인 것 같았다. 서서히 약해지는 자기장 때문에 땅이 폭신한 쿠션으로 느껴진 것이다. 속도는 떨어졌지만 오토바이는 부드럽게 달리고 있다. 마치 커다랗고 부드러운 손길 속에 있다가 놓여난 느낌이 들었다. 슬아의 두 손은 여전히 태봉의 허리 위에 결연하게 포개져 있다. 살았다. 무사하다.

익숙한 밤바람 냄새가 났다. 처음 구멍을 확인하기 위해 달렸을 때 났던 냄새였다. 그 후 이 구간을 지날 때마다 맡았던 냄새다. 상크름하고 향긋했다. 그 향기는 각성제처럼 의식을 맑게 해주었다. 온몸의 감각이 깨어나 파닥였다. 이 향기는 어디서 오는 것일까. 태봉은 가볍게 브레이크를 잡았다. '허브농원'이라는 팻말이 보였다. 허브 향이 밤공기를 타고 농염하게 세상 속으로 잠입해 들어왔다.

훌쩍거리는 소리와 함께 태봉은 등이 뜨듯해지는 느낌이 들었다. 슬아가 울고 있다. 태봉의 등에 머리를 박은 채 몸을 떨고 있다. 슬아는 무엇을 본 것일까.

태봉은 슬아의 울음이 잦아들 때까지 기다렸다. 사실 무엇을 봤냐고 묻기도 겁났다. 태봉이 이제껏 만난 사람 중에 사연 많기로는 윤슬아를 따라갈 사람이 없다.

"괜찮냐?"

슬아는 고개를 끄덕였다. 속눈썹 위에 눈물이 어룽어룽했다. 슬아는 코를 훌쩍이고 눈물을 닦으며 얼굴을 추슬렀다.

"통과했다. 네 말처럼 성공했어. 여기 이 길, 기억나지?"

밤공기를 타고 향기는 더욱 농밀하게 내려왔다. 태봉은 헬멧을 벗고 그 향기 속에 온전히 머리를 담갔다. 그런데 왜 이렇게 울적한 걸까?

슬아도 하얀 헬멧을 벗은 뒤 머리를 풀어 밤공기 속에 날렸다. 온몸에 향기가 배어들었다. 박하 향 같은 화함과 달착지근한 사탕 냄새가 섞여 있다. 머릿속을 말갛게 씻어주는 듯했다. 홀을 통과할 때 빛에 찔린 머릿속이 점점 안정을 찾아갔다. 그렇지만 엄마의 얼굴과 상하의 차가운 몸은 쉽사리 떨쳐지지 않았다.

서로 아무 말도 하지 않았다. 새로운 원자로 재조합되어 태어났다면 무엇이 달라진 것일까. 겉모양은 변한 게 없다. 태봉은 어루만지듯 적토마를 세세히 살폈다. 스크래치 하나 없이 멀쩡했다.

태봉은 다시 달렸다.

선택

태봉이 퀵클리쌩으로 돌아왔을 때 근수가 쫓아 나왔다.

"야, 미친놈, 넌 말도 없이 도대체 며칠씩 어딜 다녀오는 거여? 학교도 안 나오고, 집에도 안 들어오고, 전화도 안 되고. 실종 신고도 냈단 말여. 너 짤렸다, 인마, 삼촌한테."

근수가 쏜 속사포의 포탄이 태봉의 몸에 부딪쳐 그대로 땅에 떨어졌다. 무슨 말인지 한마디도 알아듣지 못했다. 머리가 떵했다. 며칠이 지났다고? 근수의 말이 믿기지 않아 태봉은 두 눈만 되룩되룩 굴렸다.

근수는 다짜고짜 태봉의 멱살을 움킨 뒤 사무실로 끌었다.

"뭐 하는 놈이고? 하이고 마, 식겁한다, 내가. 이노무 자슥아, 뭔 일이고? 어이?"

난감했다. 이실직고할 수도 없다. 그랬다간 또라이 미친놈 소리 들으며 맞아 죽을지도 모른다. 눈앞에 번히 보고도 믿기지 않는데, 그간의 일을 말로 옮기다간 정신병원에 감금될지도 모른다. 그렇다고 둘러댈 말을 세워놓은 것도 없다. 며칠이 지나다니, 그 사실조차도 받아들일 수 없는 태봉의 머릿속은 멍했다. 일구 아저씨는 홀을 통과할 때 시간이 얼마나 걸렸는지 얘기해주지 않았다. 어쩌면 일구 아저씨와는 다른 시간을 썼을지도 모른다. 땅이 꺼지는 순간과 시간이 어느 정도 흐른 뒤의 자력과 자기장의 세기는 다를 것이다. 똑똑한 슬아도 그 계산을 놓친 것 같았다.

"뭐라 말 좀 해봐라. 인마~ 그렇게 전봇대처럼 서 있지만 말고. 어잉?"

삼촌은 휠체어 바퀴를 앞뒤로 굴리며 숨넘어가게 몰아붙였다. 삼촌의 코끝에서 더운 김이 푹푹 품어져 나왔다. 화가 나서 어쩔 줄 모르는 물소 같았다. 그렇지만 태봉에게는 강 건너 불구경 같은 것이었다. 태봉은 뻘쭘히 서 있는 것 외에 달리 할 게 없었다.

"하이고 마, 오셨습니까?"

삼촌이 황급히 휠체어를 돌려 인사를 했다. 아버지다. 대책도 없는데 파도는 더 거세게 몰아쳤다. 아버지는 출입문에 우두커니 멈춰 섰다. 믿을 수 없는 눈빛으로 태봉을 훑었다. 아버지의 눈에서 붉은 열기가 쏟아져 나오는 듯했다. 아버지는 벌게진 얼굴로 뚝뚝하게 걸어 태봉 앞에 섰다. 덮어놓고 태봉의 뺨을 갈겼다. 태

봉이 혹 나가떨어졌다. 왼쪽 볼이 얼얼했다. 그런데 이상하게 아
프지 않았다. 아버지의 주먹이 날아왔을 때 묵어 있던 뜨거운 덩
어리가 단숨에 터져 산산조각이 난 것 같았다. 시원했다. 남은 물
론 스스로에게도 화상을 입히던 뜨거운 덩어리였다. 통제할 수
없어 휘둘린 적이 한두 번이 아니었다. 그것이 툭 터져버린 느낌
이었다. 온몸에 물파스를 바른 것처럼 화했다. 태봉은 비칠비칠
걸었다. 아버지 앞에 다시 섰다.

"이 자식이!"

아버지가 다시 손을 올리자 근수가 아버지 허리를 끌어안으며
말렸다. 아버지의 얼굴은 사정없이 일그러졌다. 울고 있었다. 아
버지의 어깨가 힘겹게 들먹였다. 차마 볼 수 없었다.

슬아는 홀에 떨어지는 순간 이마를 베일 것 같은 빛의 세기에
그만 현기증을 느꼈다. 놀이기구 탔을 때처럼 순식간에 피가 거
꾸로 솟구치는 것 같았다. 이러다 기면증이라도 발작하면 영원히
이 홀에서 나갈 수 없다는 생각이 들었다. 그래서 더욱 깍지 낀
두 손에 힘을 주었다. 평소 하태봉 입이라면 단번에 구박이 나왔
을 것이다. 갈빗대 나가겠다고 숨 좀 쉬자고 윽박지를 정도로 바
싹 조였다. 한참 동안 그렇게 태봉의 허리를 부여잡고 밑으로 밑
으로 떨어졌다. 그러다 어느 순간 강한 자기장의 영향에 놓인 것
처럼 온몸에 정전기가 일었다. 곧이어 어딘가로 빨려 들어가는

것 같았다. 그 시간은 잠깐이 아니라 더디게 더디게 흘러갔다.

따뜻한 기운이 번지는 화면이 한가득 펼쳐졌다.

비누 향과 비릿한 아기 냄새가 섞인 것 같다. 기저귀 찬 슬아의 모습이 보였다. 간신히 발짝을 뗄 뿐 기어 다닐 정도이다. 다른 아이들도 많았다. 대부분 슬아 또래의 아이들이다. 큰 창으로 따뜻한 햇살이 환하게 비쳐 들고 어른들 몇몇이 담소를 나누고 있다. 아기들은 제각각 기어 다니거나 누워 우유를 먹거나 벽을 짚고 걷거나 했다. 슬아는 누군가에게 기어갔다. 엄마다. 엄마 옆에 아빠도 있다. 보모인 듯한 여자가 슬아를 보고 손뼉을 치며 웃는다. 보모는 이리 오라고 손뼉을 치며 양손을 벌린다. 슬아는 본 척도 하지 않고 엄마를 향해 기어간다.

입양아가 아니란 말인가? 아님 다른 우주 속에서도 여전히 지금의 엄마, 아빠를 만난다는 얘기인가? 슬아가 그렸던 모습이 아니었다.

슬아는 마지막 남은 희망마저 사라졌다는 생각이 들었다. 생모, 생부의 얼굴을 볼 수 있으리라 기대했는데 그 희망이 무너졌다.

이내 엄마의 얼굴이 보였다. 왠지 슬퍼 보였다. 여태껏 보지 못했던 모습이다. 상하가 보였다. 상하의 얼굴이 너무나 창백했다. 상하의 몸은 물속에서 건져낸 것처럼 차가웠다. 울면서 안 돼, 안 돼를 외쳤치만 그 소리는 밖으로 터져 나오지 않았다.

슬아가 집에 들어섰을 때 집 안에 아무도 없었다. 이 시간에 집을 비우는 엄마가 아닌데. 휴대폰에는 문자 메시지와 부재중 전화가 수십 통 들어와 있다. 그제야 슬아는 몇 시간이 아니라 며칠이 지났다는 것을 알았다. 어떤 이론에 의해, 어떤 시간법이 작동한 것일까.

방 안은 뒤진 흔적이 역력했다. 책상 위에 책들이 널려 있다. 책꽂이에 가지런하게 정렬되어 있어야 할 평행 우주와 공간 이동 관련 책들도 널브러져 있고, 서랍은 들쑥날쑥했다. 옷장 문도 열려 있으며 가지런하게 개켜 있어야 할 옷들은 혓바닥처럼 늘어져 있다. 난장판이다. 엄마는 어떤 단서를 찾아냈을까?

현관문 여는 소리가 들렸다. 허둥지둥 슬아 방으로 걸어오는 발소리와 함께 엄마의 목소리가 이어졌다.

"슬아야? 슬아니?"

엄마는 슬아의 방문을 열었다. 슬아는 태연하게 책을 정리했다. 야자를 끝내고 피곤에 찌든 몸으로 방금 전에 학교에서 돌아온 아이처럼.

"나쁜 기집애, 너가 엄마한테 이러면 안 되지!"

엄마의 목소리는 날이 시퍼렇게 섰다. 슬아는 듣는 시늉도 없이 방바닥의 책을 집어 올렸다. 그런 다음 쭈그리고 앉아 책상 서랍 속 물건을 다독이며 서랍 하나하나를 제자리로 밀어 넣었다.

"뭐야? 너? 왜 이러는 건데?"

엄마는 슬아의 어깨를 신경질적으로 낚아채며 소리쳤다. 슬아는 균형을 잃고 방바닥에 주저앉았다.

"이래서 근본도 모르는 것을 데려오는 게 아닌데."

엄마는 팔짱을 끼고 혼잣말하듯 뇌까렸다. 그 말은 슬아의 귀에 따갑게 꽂혔다. 근본? 근본은 어디서 길러지는 것인가? 생모의 뱃속에서?

"근본을 모르는 것이 제 잘못인가요? 그런 근본도 모르는 것을 데려오신 엄마 잘못 아닌가요?"

슬아는 냉정하게 따져 물었다. 웜홀에서 보았던 엄마의 슬픈 얼굴 때문에 한동안 마음이 아팠는데 언제 그랬냐는 듯 흔적도 없다.

"너, 대체 왜 그러는데? 뭐 불만 있니? 불만 있음 말을 해. 십칠 년 동안 아무 문제 없었잖아. 이렇게 한 방에 사고를 치니? 아무런 예고도 징후도 없이 이렇게 사람 뒤통수를 쳐~."

상하는 이럴 때, 엄마한테서 이상한 냄새가 나요, 하면서 입을 막았을 것이다. 슬아도 이상한 냄새가 나는 듯한 착각이 들었다.

"오늘, 국어선생님 만났다."

슬아는 마지막 책상 서랍을 닫다가 멈칫했다.

"왜요? 뭐라는데요?"

슬아는 자리에서 벌떡 일어나 대항이라도 하듯 물었다. 어째서 비밀을 지키지 않는 것일까. 세상에서 가장 견고할 것 같은 사람들이 제일 허술했다. 무거운 비밀일수록 보안장치는 턱없이 허랑했다. 비밀의 발원지가 누설하고 싶어 몸살을 앓는데 그 유지가 가능하겠나. 번데기가 웃을 일이다.

"슬아야, 그거 때문에 그러니? 괜찮아, 그건 정당한 거야. 네가 언어 시간에 배 아픈 건 일종의 사고였기 때문에 그것을 원래대로 돌려놓았을 뿐이야."

"누가 그래요? 국어샘이 그래요? 그게 정당하다고?"

"왜 그래, 너? 선생도 괜찮다잖아. 너 완전 딴 아이 같아."

"아니요. 근본도 모르는 것이 어디 가겠어요?"

이렇게 나가고 싶진 않았다. 이상하게 자꾸 예상치 못한 데로 흘러갔다. 입때껏 말대꾸 한 번 한 적이 없다. 가당치 않은 녀석이 어느 구석에 숨어 있다가 튀어나와 조종하는 것 같았다. 그 녀석은 끝장을 보라고 종용했다. 내친김에 어서.

"왜 그 많은 아이들 중 저를 데려오셨어요?"

슬아는 『평행 우주』라는 책에 시선을 박은 채 물었다.

"그건 왜? 갑자기?"

엄마는 도저히 이해할 수 없다는 표정으로 슬아를 바라보았다. 상하를 바라볼 때의 눈빛이다. 자신의 선택을 의심하며, 흔들리던 그런 눈빛. 이제껏 슬아에게는 한 번도 품지 않았던 마음일 것이다. 그런데 혹시 너도? 하는 눈빛이다.

"나나 상하는 엄마를 위한 장식품일 뿐이에요. 엄마의 자존심

과 엄마의 폼 나는 삶을 위한 데커레이션 아닌가요? 이왕이면 잘
나가는 아이들로 세상 사람들에게 엄마의 존재를 인정받고 싶은
엄마 욕망의 장신구 말이에요.”

슬아는 이제 『불가능한 도약, 공간 이동』이란 책에 시선을 꽂은
채 말했다. 불가능하지 않았다. '불가능한'이라는 빨간 글씨보다
'도약, 공간 이동'이라는 말이 더욱 도드라져 보였다.

“무슨 말을 그렇게 하니? 니가 뭘 안다고 함부로 말해?”

엄마는 여간해서 당황하거나 허둥대는 스타일이 아니다. 그런
데 지금은 그렇지 않았다. 그런 부류들은 대개 정곡을 찔리면 담
담함을 잃는다.

“상하는 키워봤자 그다지 폼 나지 않으니까 일찌감치 어떻게
한 거죠?”

오랫동안 묵혀왔던 말이다. 언젠가 확인하고 싶은 말이기도 했
다. 그 뒤에는 반드시 이렇게 덧붙이려고 했다.

'나는 언제 제거되는 거죠?'

“뭐라고? 상하를 어떻게 해? 내 앞에서 상하 얘기 꺼내지 말랬지?”

엄마의 말끝이 날카롭게 갈라졌다. 엄마가 드디어 평정을 잃었
다. 반대로 슬아의 마음은 차분하게 가라앉았다. 더 이상 숨길 것
도 주저할 것도 없다.

엄마는 부들부들 떨던 것도 잠시, 다시 평정을 찾아 냉정하게
말했다.

"그리고 똑바로 알아둬라. 난 널 선택하지 않았어."

슬아는 자신의 귀를 의심했다. 무슨 말이야? 선택하지 않았다니? 평온하게 잦아들던 물결이 다시 소용돌이쳤다.

"내가 널 선택한 게 아니라, 네가 날 선택한 거야."

엄마는 뾰족하게 벼른 정으로 바위에 한 글자 한 글자 새기듯 옹이 지게 말했다.

"잘 들어, 윤슬아."

엄마의 목소리는 승전을 확신한 연합군의 선전포고 같았다. 슬아는 엄마의 포고문만으로 이미 패배를 확신했다.

엄마는 오랫동안 묵혀두었던 보따리를 풀어내는 양 크게 숨을 골랐다.

삶은 의지대로 계획한 대로 가는 거라고 생각했다. 결혼도 그런 과정 중 하나였다. 난 누구보다 완벽한 가정을 꾸리고 싶었어. 딸과 아들을 하나씩 낳고 최선을 다해 아이들을 키워 최고의 학교에 보내 그 아이가 사회의 갑이 되는, 누구나 꾸는 꿈을 꾸었다. 나는 네가 2대 8의 세상에서 2에 속하길 바라. 누구를 위해서 그런 거냐고? 글쎄, 그건 나도 정확히 모르겠다. 솔직히 너를 위해서라고도 말 못하겠다. 그렇다고 그게 엄마를 위한 것만이겠니? 남들 다 그렇게 원하니까 나도 맹목적으로 따라 하는 거라고 해도 좋다. 속내를 들여다보면 누구나 그렇게 되고 싶어 하니까.

그런데 그 꿈은 처음부터 어그러졌다. 우린 둘 다 불임이었어. 인정하고 싶지 않았지만 어쩔 수 없다는 것을 받아들여야 했다. 쉽지 않은 시간들이었다. 그즈음 성당을 나가게 되었고, 우연찮게 수녀원에서 운영하는 보육원을 방문하게 되었다. 그곳에서 수녀님의 권유로 입양을 생각하게 되었다. 살다 보면 전혀 생각지 않은 일이 무수히 끼어든다는 것을 알게 되었다. 입양도 그중 하나였다. 내 사전에 입양이라는 말이 끼어들 줄은 전혀 짐작하지 못했다. 그런데 생각지 않게 입양은 상실했던 삶의 의욕을 불러오더구나. 난 수녀님께 몇 가지 조항을 달아 입양 의사를 밝혔다. 생부 생모의 신분이 밝혀진 아이로 하겠다고 했다. 아까 말했던 것처럼 완벽한 가정을 꾸리려면 아이의 출생부터 그들 부모의 내력을 알아야 할 것 같았다. 되도록 많이 배운 사람들의 아이를 원했고 될 수 있다면 부모들의 아이큐도 알고 싶었다.

시간이 오래 걸렸다. 내가 말한 조항에 맞는 조건이 그리 흔치 않았다. 그런데 어느 날 연락이 왔다. 조건에 딱 맞는 아기가 나타났다고. 너무나 설레어서 밤새 잠 한숨 못 자고 보육원으로 향했다. 아기를 갖고 아기를 낳을 때도 이런 기분일까 헤아려보았다. 난 죽어도 맛보지 못할 거라는 걸 알면서도 꼭 그럴 것만 같은 생각이 들어서 허공에 둥둥 떠가는 기분으로 향했다. 햇살이 참 맑은 봄날이었다. 경칩 조금 지났으니까, 땅 위로 새 생명들이 촉을 내밀 때였다. 움질움질 온 땅이 들썩이듯 내 마음도 그랬다.

아기를 만나기 위해 보육실로 들어갔다. 따스한 햇살이 가득했다. 아이들이 그렇게 많은데도 우는 아기가 한 명도 없었다. 명화에서나 보았던 천국의 모습이 이렇지 않을까 싶을 정도였다. 평화와 사랑의 충만함, 그 자체였다. 만나기로 한 아기의 목욕이 끝나지 않아 조금 기다려야 했다. 수녀님과 부드러운 햇살 아래 담소를 나누고 있었다. 그런데 어떤 아기가 성근 몸짓으로 엉금엉금 기어서 다가오더구나. 수녀님도 있었고 돌봐주던 담당 보모도 있었는데 그 아기는 내 무릎으로 기어올랐어. 머루처럼 까만 눈동자와 몇 번인가 눈이 마주쳤다. 그때마다 아기는 어찌나 활짝 웃던지. 새싹처럼 뾰족하게 솟은 새하얀 앞니 두 개 사이로 침이 뚝뚝 떨어지도록 맑게 웃었다. 잎도 나지 않은 어린 싹에서 꽃이 활짝 피어나는 것 같더구나. 유난히 뽀얀 피부는 다른 아이들 속에서도 돋보였다. 수녀님과 보모가 그 아기에게 이리 오라고 아무리 손뼉을 치며 불러도 그 아기는 쳐다보지 않고 내 무릎 위로 파고들었다. 수녀님과 보모는 알 수 없다며 민망한 웃음을 지어 보였다. 그 아기는 내 두 손을 꼭 잡았다. 한없이 물컹하고 부드러운 무엇이 내 손을 꼭 감쌌다. 고 작은 손이 내 큰 손을 감싼 것 같았다. 내가 그 아기 품에 안긴 듯한 착각이 들기도 했다.

목욕이 끝난 후 만나기로 했던 아기가 보육실로 들어왔다. 어찌나 뻗대며 울어대는지 손을 댈 수 없을 정도였다. 목욕을 해도 이러지 않는데 이상하다며 보모가 아무리 아기를 얼러도 울음을 그치지 않았다. 보육실에 있던 아기들이 죄다 따라 울었다. 조용하고 고요했던 보육실이 순식간에 울음바다가 되었다. 내 두 손을 꼭 잡고 있던 아기도 조금 따라 울다가 바로 잠이 들었다. 내품에서. 그 아기 눈꼬리에는 맑은 이슬 같은 눈물이 대롱대롱 맺혀 있었다. 조뼛이 내민 입술이 어찌나 붉던지. 엄마는 그 아기를 품에서 놓고 싶지 않았다. 그때 수녀님이 말했다.

— 인연은 따로 있나 봅니다. 하느님께서 맺어주는 게 맞는 것 같습니다.

그 아기에게 엄마, 아빠는 슬아라는 이름을 붙여주었다. 윤슬아. 반짝이는 물이랑처럼 맑은 눈을 가진 사랑스러운 아기라는 뜻이다.

웜홀에서 보았던 그 장면이 오버랩되었다. 이제껏 누군가의 선택에 의해 여기까지 왔다고 생각했다. 그래서 늘 욕망의 대리자 같은 생각이 들었다. 누군가에게 조종당하거나 사육당한다는 생각을 떨쳐버릴 수 없었는데.

'내가 선택했단다.'

모든 것이 멈춰버렸다. 빠르게 돌아가던 톱니바퀴에 커다란 통나무가 낀 것처럼 아무 생각도 할 수 없었다. 슬아는 그 자리에

털썩 주저앉았다. 엄마는 슬아의 등 뒤에 대고 말했다.

"늦었다, 자라. 나중에 더 얘기하자."

차분차분 걸어가는 엄마의 발자국 소리가 아스라했다. 슬아는 그 자리에 스러졌다. 오프다.

결석에 대해 학교에서는 별말이 없었다. 엄마가 벌써 손을 썼을 것이다.

0교시 영어 듣기 평가 시간에 담임이 손수 왕림하셔서 제일 먼저 태봉의 출석을 체크했다.

"슬슬 본색이 드러나시는구먼. 야, 하태봉, 가지가지 한다. 어쩌려고 그러서? 엉?"

개 버릇 남 못 준다며, 담임은 으레 출석부 모서리로 콕콕 찍는 의식을 치렀다.

"너, 이러면 내가 포기할 줄 알지? 너 사람 잘못 봤어, 새꺄. 내가 얼마나 질긴 놈인지 남은 세월 한번 당해볼래?"

태봉은 고개를 수그리고 앉아 말없이 담임의 고문을 받았다.

"어디 갔다 왔냐? 너 여행, 뭐 이런 말로 너의 비리를 고상하게 포장하려고 했다간 나한테 곤죽이 될 줄 알아라."

태봉은 여행이라는 말이 목구멍까지 차올랐다가 단박에 김이 샜다.

"아, 어디 갔다 왔냐고오~."

돈을 갚지 않을 바에는 신체의 어느 한 부분이라도 내놓으라고 끈질기게 협박하는 사채업자 같았다. 담임은 절대 포기하지 않을 것이다. 반 아이들은 죄다 태봉과 담임을 주시했다. 누가 이기든 재미난 구경거리임에는 분명했다.

"진짜로 여행을 다녀왔습니다. 패십시오. 그래도 거짓말은 하기 싫습니다."

이상하게 담임 앞에서는 굳이 어깃장을 놓고 싶지 않았다. 저 무식한 담임의 표현 방식 속에서 끈끈함을 느꼈기 때문이다. 담임 앞에 서면 똥통에 빠진 기분이지만 어쨌거나 태봉의 손을 놓지 않을 것 같은 미더움이 있었다. 그래서 함부로 어기대고 싶지 않았다.

아이들은 김샌 얼굴을 했다. 하태봉이 저렇게 쉽사리 백기를 들 줄은 아무도 짐작하지 못한 얼굴이었다.

"어쭈~ 어쭈구리~ 너 갑자기 왜 그러냐? 너가 그러면 인마, 내가 당황스럽잖아. 왜 어울리지도 않게 착한 모드로 가고 그러냐? 적응 안 되게~. 뭔 여행이냐 대체. 뭔 여행인지 들어나 보자 어디."

담임은 콧방귀를 빵빵 뀌며 빈정거렸다.

"잉여인간도 금을 만들 수 있다는 걸 알았습니다."

"뭐? 금? 너, 뭐 잘못 먹었냐? 하태봉 너답게 굴어, 인마~."

말은 그렇게 했지만 담임의 눈빛은 놀라움 반 미심쩍음 반이었다.

"새끼, 이거 쇼 하는 건지 뭐 하는 건지 알 수가 있어야지. 하여간 너 이따 교무실로 와."

담임은 더 이상 말을 붙이지 않고 나가버렸다. 보기에는 태봉이 이긴 것 같았다. 근수는 태봉에게 엄지손가락을 세워 보이며 한쪽 눈을 찡긋했다. 아이들은 김샜다는 표정으로 태봉을 바라보았다. 뭔가 달라진 것 같긴 한데…… 심증은 있되 물증은 잡을 수 없는 그런 표정들이었다.

상하를 찾아서

모의고사 성적표가 나왔다. 슬아가 전국 1등이었다. 학교에서는 플래카드라도 걸어야 하는 거 아니냐며 수선을 피웠다. 명문외고와 사립고를 제치고 공립학교에서 전국 1등이 나왔다는 건 기적 같은 일이라며 떠들었다. 슬아의 일반고 선택은 엄마의 탁월한 안목을 입증한 셈이다. 물수능에 수시 입학이 점차 확대되는 추세를 정확히 읽어낸 엄마의 혜안이라는 것이다. 엄마는 특목고에 보내지 않고도 그 아이들을 제친 것에 대해 자신의 선택에 또 한 번 자부심을 가졌다. 엄마는 교육 전쟁 속 최고의 강자가 된 것이다. 아이의 성적은 엄마의 성적이라는데 그것은 곧 그 또래의 엄마로서 전국 1등이라는 자부심과 맞닿는 것이다. 엄마의 어깨는 더 벌어졌고 각종 모임에서 부러움의 시선을 받았다.

슬아는 모의고사 성적표를 받자 쪽쪽 찢어 쓰레기통에 넣었다. 모의고사는 내신에 반영되지 않기 때문에 무리할 게 아니었다. 박수갈채에 떠밀리면 제 몸이 발가벗겨지는 것도 모른다더니, 그 장단에 놀아난 자신의 어리석음에 진저리쳐졌다. 칭찬이 고래도 춤추게 한다고? 흠, 칭찬 때문에 고래가 춤추는 건지도 모르는 거야.

상담실에서 새 답안지의 제안을 받아들인 것도 슬아였다. 본능이 되었든, 앙감질하듯 뒤뚱거리며 기어가던 어린 슬아도 운명처럼 엄마에게 향했다. '지금'은, 누군가에 의해서가 아니라 슬아 자신이 선택해서 당도한 것이다.

상하가 떠올랐다. 상하는 늘 자신의 의욕이 발동하지 않으면 노, 라고 했다. 문제아로 찍히고 소아신경정신과를 들락거릴지라도……. 상하의 마음속에 어떤 것이 웅크리고 있는지 조금은 알 것 같았다.

상하의 안부가 궁금했다. 웜홀에서 보았던 모습이 지워지지 않아 슬아를 더욱 울울하게 만들었다. 상하의 보육원 주소를 꺼내보았다. 서울 외곽 지역에 있던 보육원은 값싼 터를 찾아 지방의 어느 광산 도시로 옮겨 새 건물을 지어 확장했다고 했다.

오토바이를 타고 가기엔 너무 먼 곳이다. 웜홀을 통과한 이후 태봉과는 만난 적이 없다. 너무 많은 생각이 봇물처럼 터져 나와 감당할 수 없었다. 모든 것이 뒤죽박죽이었다. 정리를 해야 한다고 생각했지만 키포인트를 놓치고 있다는 생각이 들었다. 그 단초를 찾기 전에는 아무것도 세울 수도 지을 수도 없었다. 이것도 결벽증에서 비롯된 거다. 하나라도 아귀가 맞지 않으면 한 발자국도 나가지 못하는.

그 열쇠는 상하에게서 찾아야 할 것 같다. 상하가 사라진 것을 풀기 전에는 엄마의 어떤 말도 받아들일 수 없다.

태봉은 슬아가 자꾸만 생각났다. 솔직히 말해 걱정되었다. 그러고 보니 이제껏 태봉이 먼저 슬아에게 연락을 한 적은 없다. 늘 슬아가 쳐들어오거나 일방적으로 만나자고 했다. 그럴 때마다 슬아는 미션의 당위성을 설명하며 꼭 해야만 한다고 강요하곤 했다. 여기까지 오게 된 것은 슬아의 고집과 확신 때문이었다.

태봉은 슬아에게 문자를 보냈다.

잠깐 보자.

응

'응'이란다. 전 같았으면 '그래'라고 했을 것이다. 비밀을 공유한 사람끼리의 동지감 같은 것인가? 응이라는 말 속에서 부드러움이 느껴졌다.

"괜찮냐?"

"응."

태봉은 슬아를 바라보았다. 슬아의 '응'이라는 대답이 듣기 좋았다. 잘난 체하거나 찬바람이 쌩쌩 부는 윤슬아의 예전 모습을 응이라는 동그라미 덩어리로 부드럽게 감싸는 것 같았다.

"그거는 풀었니? 시간 말이야. 어째서 웜홀에 들어갔을 때 며칠이 지났는지."

"이론에 의하면 블랙홀 안의 시간은 느리게 가지만 밖의 시간은 빨리 간다고 해. 웜홀은 시공간이 떨어진 두 지점을 지름길로 연결해주는 거니까 현실의 시간은 며칠이 지나버리는 거지."

슬아는 버튼을 누르면 자동으로 나오는 음성 안내처럼 건조하게 말했다. 이 정도쯤이면 알아듣겠지, 하는 슬아의 태도가 못마땅해 태봉은 퉁명을 떨며 물었다.

"그게 뭔 말이냐?"

슬아는 그럴 줄 알았다는 듯이 대꾸 없이 바닥에 그림을 그렸다. 구부러진 빨대 모양을 그린 후 그 위에 일정한 크기로 칸을 나누었다. 웜홀에 들어갈 때와 나왔을 때 날짜를 순차적으로 쓴 후 원통과 원통 사이를 직선으로 연결하니까 현실의 시간을 며칠 건너뛰었다.

"야, 너는 다 알면서 입도 뻥긋 안 하고 사람을 호구로 만드냐?"

열등생의 자격지심이 또 들먹댄다.

"그런 거 아니야. 그것까진 미처 생각 못한 거야. 나도 홀을 통과하고 난 뒤 알게 된 거야."

슬아는 천천히 걸으며 말을 이었다.

"사실은 나 괜찮지 않아. 홀을 통과할 때 상하를 봤어. 얼굴이 새파랗게 질려 있었어. 상하를 찾아봐야겠어."

슬아는 어디 먼 데 가 있는 듯한 목소리로 말했다. 앞서가는 슬아의 등을 보았다. 슬픔의 알갱이들이 겹겹이 쌓여 손을 대기만 해도 물기가 묻어날 것 같았다.

"같이 가도 된다면, 기꺼이."

태봉은 슬아의 말에 아무 토도 달지 않고 수긋해진 목소리로 말했다. 언제부터인지 슬아 앞이라면 핏대 올릴 일도 저절로 수 그러들었다.

슬아는 고개를 돌려 말했다.

"고맙다, 하태봉, 진정."

일요일의 버스 정류장은 무척이나 붐볐다. 지방의 광산 도시까지 가려면 버스를 몇 번이나 갈아타야 할 판이다. 차라리 소읍에 도착하면 오토바이를 빌려서 움직이는 게 나을 것 같았다. 그래야 돌아갈 때 막차 시간이라도 맞출 수 있을 것이다.

태봉은 슬아가 옆자리에 앉는 게 좀 어색했다. 등 뒤에 있는 슬아가 자연스러울 정도로 그간 슬아를 태우고 다닌 시간이 짧지 않다는 것을 알 수 있었다.

"야, 뒤로 가라."

태봉이 성질을 버럭 냈다. 뜬금없는 소리에 슬아는 태봉의 얼굴을 살폈다.

"뭐래, 왜?"

슬아는 말 같지도 않은 소리 한다는 식으로 태봉의 말을 깔아뭉갠 후 옆자리에 앉았다.

슬아의 톡 튀어나온 이마는 여전했다. 오똑한 콧날과 우유 빛깔 볼, 태봉은 앞만 보기로 했다. 마음이 이상했다.

금광군에 접어들자 민둥산이 이어졌다. 금광석 매장량 전국 1위라더니 그 증거인 양 산자락마다 바둑 포석 같은 갱도가 까맣게 뚫려 있다. 채굴로 몸살을 앓는 산자락마다 쿨럭쿨럭 먼지를 일으키며 덤프트럭이 꼬리를 물었다.

금광 터미널 주변은 저마다의 플래카드로 어지러웠다. 광산 개발을 허하라, 광업권과 채광 인가 법적 승소, 지역 경제 살리는 길은 금광 개발뿐이다, 승소 판결 난 채굴권을 보장하라.

맞은편에는 광산 개발 결사반대, 편파 행정 금광군은 각성하라, 수탈의 땅을 생명의 땅으로, 두 생명의 원혼이 울고 있다, 어느 날 우리 집이 사라졌어요, 라는 문구로 팽팽히 맞서고 있다. 양쪽의 플래카드는 바람이 불 때마다 한 치의 양보도 못하겠다고 으르렁댔다.

이 도시에 무슨 일이 일어나고 있는 것일까. 개발 반대 플래카드가 나부끼는 담벼락 아래에는 몇 개의 사진 자료가 패널로 전시되어 있다.

금광군은 일제 때부터 수탈의 땅이었다. 1930년대 일본이 전쟁의 광기로 희번덕거릴 때 금광군 또한 철저히 유린되었다. 당시 채굴 도면이 없기 때문에 어디에서 지반 침하가 일어날지 알 수 없다. 시간이 지날수록 붕괴 사고는 예고 없이 찾아왔다. 논이 주저앉고 집 한 채와 전봇대가 하룻밤 사이에 사라지는 경우가 허다했다. 그나마 조용했던 건 그간 인명 피해를 용케 피해 갔기 때문이다.

그런데 얼마 전 지반 붕괴로 보육원생 한 명이 사망하고 한 명이 실종된 사건이 일어났다. 보육원 건물이 반파된 채 구덩이 위에 걸치고 있는 사진도 있었다. 슬아는 보육원 이름을 확인하더니 얼굴이 창백해졌다. 상하가 있는 곳과 같다.

125cc 오토바이 한 대를 빌렸다. 태봉이 타고 다니던 적토마와 느낌이 달랐다. 몸에 맞지 않은 옷을 입은 것처럼 설겅댔다.

보육원으로 향했다. 하얀 시멘트 길이 초록 덤불 속에 아스라이 나 있다. 외길이다. 스트로브잣나무 길을 지나자 잡목림이 무성했다. 마주 오는 차도 뒤따라오는 차도 없이 하얀 시멘트 포장길 위에 오토바이 한 대뿐이다.

길가에는 근수랑 함께 보았던 개망초가 바람 따라 너울댔다.

슬아는 말이 없다. 초조한 모양이다. 태봉은 더욱 액셀을 당겼다.

가는 내내 금광 개발 결사반대, 플래카드가 이정표처럼 붙어 있다.

보육원은 길 끝에 있다. 외길 끝나는 곳에 커다란 철문이 나타났다. 너무나 조용했다. 따가운 햇살이 겨운지 여러 채의 건물은 침묵 속에 졸고 있다. 사고가 났던 장소라고는 볼 수 없을 정도로 고요했다. 크게 숨쉬기도 불편한 한낮의 겨움이 매미 울음 속에 어지럼증을 일으켰다. 왼쪽으로 꺾어 들자 노란 안전 제일 표지판이 눈에 들어왔다. 그나마 이곳에서 가장 수선스러우며 심란한 곳이다.

슬아와 태봉은 노란 안전표지판 곁으로 다가섰다. 건물의 일부가 뼈대를 드러낸 채 난잡스럽게 서 있다. 건물 앞 정원을 꾸몄을 빨간 덩굴장미는 거의 뽑혀져 허공에 대롱거렸다. 하얗게 말라가는 뿌리가 잔다랗게 흔들린다. 덩굴장미는 시드럭부드럭 죽어가고 있다. 국그릇 모양의 구덩이는 건물 여러 채를 삼키고도 남을 만큼 컸다. 흙의 속살이 시뻘겋다.

슬아와 태봉이 통과했던 웜홀과는 모양새가 달랐다. 웜홀은 깊이를 알 수 없는 어둠이 끝 간 데 없이 이어진 것처럼 보였지만, 이곳은 폭격 맞은 듯 아래로 갈수록 좁아져 구멍보다는 구덩이라는 편이 맞았다.

"어디서 오셨나요?"

인기척도 없이 바람처럼 날아든 목소리였다. 나이가 지긋한 수녀가 서 있다. 흠칫 놀란 태봉은 고개를 꺾어 인사를 했다. 슬아는 수녀를 보자 사진을 들이밀며 말했다. 슬아 머리 위에 손가락으로 뿔을 만들며 짓궂게 웃는 상하와 아무것도 모른 채 카메라를 보는 슬아의 모습이 담겨 있다.

"상하예요, 윤상하. 아시죠? 만나러 왔어요."

수녀는 사진을 본 뒤 입을 가리며 뒤로 물러섰다. 수녀의 손등은 핏기 없이 노랬다.

"상하랑은 어떻게……."

수녀의 목소리는 가느다랗게 떨렸다.

"누나예요."

슬아는 수녀가 뒤로 물러난 만큼 바투 다가서며 말했다.

"세상에, 어쩜 좋아."

수녀의 가린 입에서 신음 소리가 흘러나왔다.

"그럼, 네가 슬아니?"

수녀는 놀라움과 반가움과 절망이 섞인 눈빛으로 슬아를 향해 물었다.

"네, 맞아요. 그런데 저를 아세요?"

"오우, 주여~ 이를 어쩌면 좋으냐?"

"우리 상하 만날 수 있죠?"

슬아는 수녀의 말을 받아들이고 싶지 않은 양 다그쳐 물었다. 자신의 직감이 틀리길 바라는 눈빛으로 수녀를 바라보았다.

수녀는 슬아의 두 손을 그러잡았다. 수녀의 눈에는 금세 눈물이 갈쌍거렸다.

"미안하다……."

"무슨 말씀이세요? 상하가 여기 없나요?"

"며칠 전에 그만……. 그런데……."

수녀는 웅덩이로 눈길을 주며 다시 입을 가렸다. 수녀의 손은 더없이 노랗게 창백했다.

"아니에요, 아니에요. 아니라고요, 아니라고요오. 아니죠?"

슬아는 수녀의 말이 채 끝나기 전에 울부짖었다. 절절하게 저미는 목소리였다. 슬아는 아니라는 말만 반복했다. 그러다가 잡을 새도 없이 스르륵 땅바닥으로 허물어졌다. 얇은 보자기처럼 후르륵 흘러내렸다. 슬아의 몸은 이미 축 처졌다. 태봉은 슬아를 흔들었다. 오프 상태였다. 슬아의 얼굴에 난 눈물자국이 햇빛에 선명하게 도드라졌다.

슬아를 의무실로 옮겼다. 수녀는 안절부절못하며 슬아 곁을 맴돌았다. 태봉은 조금 안정되면 괜찮다며 수녀를 안심시켰다.

슬아는 깨어나자마자 전화기 먼저 찾았다. 동공은 휑하니 뚫려 있다. 부들부들 떠는 손은 이성의 통제를 벗어난 것 같았다. 뭐 하는 거냐고 태봉이 다그쳐 물어도 대꾸 없이 전화기의 버튼을 눌렀다.

"상하가 죽었어요. 알고 있어요? 엄마 때문에 상하가 죽은 거야. 엄마 때문이야. 엄마가 상하를 버리지만 않았어도 상하는 죽지 않았어. 상하가 죽었다고요!"

슬아는 악다구니를 썼다.

"그게 무슨 말이니? 우리 상하가 왜 죽어?"

맹랑한 소리 다 한다는 식으로 엄마의 목소리는 냉정하고 침착했다.

"우리? 우리 상하라는 말이 나와요? 그렇게 무참히 버려놓고 우리 상하라는 말이 나오냐고요~."

슬아의 눈에서는 눈물이 그렁댔다. 눈물은 턱 끝에 대롱거리다 이불 위로 후둑후둑 졌다.

태봉은 슬아의 어깨를 잡았다. 파들파들 떨었다.

"슬아 학생, 그게 아니야."

수녀는 슬아의 손을 잡으며 깊은 숨을 토해냈다. 슬아의 손에서 전화기를 빼 든 수녀는 말했다.

"율리안나, 베로니카 수녀예요. 미안해요. 경황이 없어서 연락을 못했어요."

"아, 네, 수녀님, 우리 슬아가 거기 있나요? 슬아가 지금 무슨 말을 하는 건가요? 아니죠? 잘못 안 거죠?"

"율리안나, 상하가…….."

"무슨 말이에요, 수녀님? 우리 상하는 제 친부모한테 갔잖아요."

"그랬죠. 그랬는데……, 율리안나, 내가 다시 전화할게요."

수녀는 전화를 끊었다.

"슬아야, 많이 컸구나."

슬아는 고개를 들어 수녀를 바라보았다. 슬아의 얼굴은 몹시 초췌했다.

"엄마가 상하를 버린 게 아니야. 상하는 생부가 데려갔어. 집안의 반대로 결혼을 할 수 없던 생부는 상하를 입양시킨 건데, 이젠 아이를 찾고 싶다고 했어. 그만한 재력도 있었고 또한 생모와 재혼한다는 말도 있어서 상하에게 제 친부모와 함께 사는 것만큼 좋을 게 없을 거라는 생각에 슬아 엄마를 설득했지. 그래서 상하를 보내게 되었어. 물론 상하의 의견도 있었지. 제 친부모에게 간다고 정확히 의사를 밝혔으니까. 네 엄마를 차마 볼 수가 없었다. 열다섯 해의 시간이 핏줄 앞에서는 아무것도 아니라는 사실에 엄청난 충격을 받은 셈이지. 그후 자존심 상한다며 상하 얘기는 꺼내지도 못하게 했단다. 그런데 상하는 얼마 전에 여기로 다시 돌아왔어. 사고 후 알고 보니 생부로부터 도망쳐 나온 거야. 그것도 병원에서. 생부가 간암 말기인데 이식밖에 방법이 없어서 상하가 필요했던 거야. 조직검사 받으러 가던 날 상하는 도망쳐 이리 오게 된 거야. 다시 돌려보낼 것을 우려해 손님만 오면 별채 다락방에 곧잘 숨곤 했는데……."

수녀는 말을 채 맺지 못하고 뒤돌아섰다. 슬아는 짐승처럼 울었다. 속엣것을 다 게워낼 듯 슬아의 목구멍에서는 꺼억꺼억 소리가 밀려 나왔다. 그러다 갑작스레 고개를 쳐든 슬아는 울음 섞인 목소리로 물었다.

"상하의 얼굴을 볼 수 있을까요?"

제 눈으로 보기 전에는 믿지 못하겠다는 듯 갑작스런 물음이었다.

수녀의 얼굴은 더없이 난감한 기색이었다.

"설마, 우리한테 연락도 없이 벌써 어떻게 한 건 아니죠?"

슬아의 얼굴은 주체할 수 없을 정도로 일그러졌다.

수녀는 아무 대꾸 없이 돌아선 뒤 의무실 한편의 캐비닛에서 종이 상자를 꺼내 왔다. 얇은 살가죽만 남은 수녀의 손이 파들거렸다. 저 손에도 피가 돌고 있을까 싶을 정도로 노랬다.

수녀는 말없이 상자 뚜껑을 열었다. 운동화 한 켤레가 춥춥스럽게 놓여 있다. 형광색이 도는 청보랏빛 운동화다. 운동화 끈에는 흙물이 붉었으며 형체는 몹시 찌그러져 있다.

"당시 상하가 신고 있던 신발이야. 상하의 시신은 찾지 못했어. 수십 미터 흙구덩이 속에서 요한이와 이 운동화 두 짝만 찾았어. 그날 분명 상하와 요한이가 별채 다락방에 있는 것을 마리아 수녀가 보았거든. 창문을 열고 담쟁이덩굴 사이로 두 녀석이 고개를 내밀며 마리아 수녀에게 손까지 흔들었으니까."

태봉은 창밖으로 하늘의 구름이 빠르게 흘러가는 것을 보았다. 주체할 수 없는 어떤 힘에 떠밀려 구름은 한 방향으로 돌았다. 구름의 방향을 따라 태봉의 몸도 어느 한쪽으로 쏠리는 것처럼 어지럼증이 일었다. 태봉은 침대 난간을 잡은 손에 힘을 주었다. 짓궂음이 다글다글 묻어나던 상하의 사진 속 얼굴이 떠올랐다. 상하는 어디로 간 것일까.

"그래서 연락을 못했던 거야. 얼마 전까지 수색을 했지만, 언제 까지 땅을 파 내려갈 수 없다면서 지금은 중단된 상태야. 어제는 상하 운동화 있던 자리에 고라니 한 마리가 앉아 있는 거야. 고라 니가 올 수도 들어갈 수도 없는 곳인데. 까만 눈동자와 반들반들 한 코가 언제나 밝고 유쾌했던 상하 같았어. 구덩이에서 꺼내주 자 고라니는 고개를 길게 빼고 두어 번 뒤돌아보더니 숲으로 달 아났어."

슬아는 상하의 운동화를 뚫어져라 바라보았다. 웜홀 안에 나뒹 굴던 일구 아저씨의 철가방이 겹쳐 왔다.

슬아는 종이 상자를 가슴에 품고 보육원을 나섰다.

태봉은 보육원을 나서며 수녀님께 물었다.

"근데 왜 이렇게 조용하죠?"

"다들 시위하러 서울로 가서 그래. 광산 개발 반대 시위. 제발 탐욕을 멈추라고."

태봉은 말없이 시동을 걸었다. 태봉이 할 수 있는 말이 없었다. 어떤 말도 조합되어 나오지 않았다. 상하가 살아 있을지도 모른 다거나 돌아올지도 모른다거나 하는 말도 섣불렀다.

보육원을 나오는 길, 하얀 개망초가 자잘하게 흔들렸다. 그 모 습이 애잔하게 느껴진 것도 처음이다. 태봉은 서러운 빛깔이 무 엇인지 알 것 같았다.

순도 99퍼센트의 금

　토요일 오후라 퀵 주문이 많았다. 근수와 삼촌이랑 늦은 저녁을 먹었다. 삼촌은 볼이 터지게 탕수육을 씹으면서도 양손에 군만두를 들고 있다. 배고파 죽는 줄 알았다며 엄살을 있는 대로 떨었다. 삼촌은 먹을 때랑 할리데이비슨 얘기할 때랑 딴판이다.

　근수는 제 노래를 녹음해서 유튜브에 올렸는데 클릭 수가 장난이 아니라고 했다. 학교 축제 힙합 공연에 근수의 자작곡도 중간에 슬쩍 끼워 넣기로 했단다. 연습하는 것만 보고도 여자애들이 자지러진다고 뻥을 쳤다. 그렇게 좋은지 불퉁하게 튀어나온 입이 벙시레 벌어져 있다.

　근수는 한 볼퉁이 되도록 탕수육을 물고 슬아랑 잘돼 가냐고 물었다. 태봉은 근수의 튀어나온 볼을 치면서 말했다.

"얀마, 그런 거 아니라고 했잖아. 하여간 말귀는 드럽게 어두워. 그만 깝쳐라."

"야, 하태봉, 전교에 소문이 파다해, 인마. 너 모르냐? 평강공주와 온달 세트라고?"

"뭐? 평강공주에 온달? 웃기고 자빠졌네. 내가 바보온달이란 말이냐? 어떤 새끼가 그런 말을 찍어다 붙이냐? 혹시 너 아니냐, 닷근?"

"음, 딱 맞는 표현이고마, 하태봉. 그기는 닷근 머리가 아이고 느그 학교 여론들의 머리일 끼다. 그라몬 어느 정도 맞는 표현이라는 얘기 아이가?"

삼촌은 말끝에 군만두를 두 개나 구겨 넣었다. 걍 군만두나 조용히 드시지. 삼촌은 불거진 입 사이로 군만두 한 개를 더 밀어 넣었다.

태봉은 젓가락을 내려놓고 사무실을 나섰다. 온달 장군 같이 가, 하는 닷근의 말이 늘쩍지근하게 들러붙었다. 그다지 기분 나쁘지 않았다.

아버지가 방문을 두드렸다.

"저녁은 먹었냐?"

"네."

태봉은 보던 책을 덮으며 대답했다. 『그레이트 비욘드: 고차원

평행 우주 그리고 만물의 이론을 찾아서』라는 책이었다. 슬아가 건네준 책이다. 안 보겠다고 뻗대다가 상하를 위해서 봐달라는 바람에 받았다. 상하가 사라진 지 한 달이 지났지만 어디에도 흔적을 알려 오지 않았다. 보육원에도 생부에게도 슬아에게도.

슬아는 그렇게 말했다.

"상하는 이 세상이 싫었을 것 같아. 상하에게 터치해 오는 게 너무나 많아서. 상하는 집에서 늘 허둥대며 뭔가를 하는 척했어. 그래야 엄마가 못살게 굴지 않는다나? 그러니까 그것을 거부하다가 다른 세계로 가버린 거야. 걘 뼛속까지 자유인일 거야, 아마. 상하는 반드시 다른 우주에서 살고 싶은 대로 살고 있을 거야. 학원이나 학교 같은 거에 얽매이지 않고, 누군가에게 버림받지 않으면서. 하루 종일 방방을 탈 수 있는 그런 우주. 윤상하 고 것은 분명 거기서도 흘낏흘낏 다른 우주를 또 엿볼 거야, 아마. 하하하."

슬아가 상하 얘기하면서 웃었다. 슬아가 웃었다.

무겁고 두꺼워서 책상 위에 던져놓았는데 은근 손이 갔다. 슬아처럼 똑 부러지게 설명할 수 없지만 슬아가 무슨 말을 하면 알아들을 수는 있을 것 같았다. 슬아의 말처럼 위로가 무엇인지 어렴풋하게나마 알 것 같았다.

어떤 형태가 되었든 떠난 사람이, 다른 우주에서 행복하게 살고 있을 거라고 생각하니.

"짜식, 책을 다 보냐? 근데 뭐 그렇게 어려운 책을 보냐?"

아버지는 책상 위를 넘겨다보며 말했다.

"왜요?"

"아이, 자식, 퉁명스럽기는……. 인마, 그런 거는 안 닮아도 돼."

아버지는 주머니 속에서 작은 상자를 꺼냈다.

"이거, 선물이다. 아버지가 꼭 해내고 싶은 거였다."

아버지는 책상 위에 상자를 놓고 얼른 나갔다. 몹시 겸연스러운 표정이었다. 태봉은 상자를 들어보았다. 제법 묵직했다. 뚜껑을 열었다. 쪽지 아래 작은 금괴가 있다. 미니바로 된 금괴였다. 진짜인가? 황금빛이 찬란했다.

쪽지를 펴보았다.

네게 선물한 거니 네 거다.

네가 어디에 쓰든 상관없다.

아버지는 순도 100퍼센트의 금을 만들고 싶었다.

100퍼센트는 연금술로도 극복할 수 없다고 하더라만.

1퍼센트의 불순물, 그것은 허용할 수밖에 없다고 한다.

이 미니바에는 1퍼센트 이상의 불순물이 있을 수 있다.

그건 네가 더 잘 알고 있으리라고 본다.

아빠는 버려진 것들 속에도 금이 있다는 것을

증명하고 싶었다.

미니바는 더욱 노랗게 빛을 발했다. 태봉은 빛이 새어나갈세라 상자 속에 얼른 집어넣었다.

금을 만들기 위한 연금술은 나를 만들어가는 과정이기도 하다.

아버지의 일기장 맨 마지막 장에 쓰여 있던 말이다. 이제 아버지에게 사라진다거나 투명인간 같은 말은 어울리지 않았다.

보육원에서 돌아온 날, 상하의 운동화를 보여주자 엄마는 고개를 돌렸다. 눈꺼풀을 파르르 떨면서도 엄마의 입에서는 얼음덩이 같은 말이 툭, 떨어졌다.

"치워."

무엇 때문에 엄마는 저렇게 자신을 숨기는 것일까. 벽을 쌓아 자신을 보여주지도, 타인을 들이지도 않는 한 사람의 안간힘이 보였다. 자신의 아픔만이 세상의 전부라고 생각하기 때문에 상대의 상처 같은 건 안중에도 없다. 저것이 엄마를 지탱해주는 것이 아니라 오히려 야금야금 좀먹어 간다는 사실을 왜 모르는 것일까.

사실은 엄마에게 오해해서 미안하다고 말하고 싶었다. 그런데, 틈이 없다.

왜 아이들은 아무것도 모르고 몰라야 한다고 생각하는 것일까. 이해의 과정 없이는 어른들도 받아들이지 않으면서 아이들에게는 무조건 생략하고 감추며 일상의 균형을 유지하라고 한다. 예고가 없기 때문에 아무 대비도 없이 날벼락을 맞아야 하는데도 크면 다 알게 된다는 식으로 얼버무린다. 크면? 그건 너무 늦은 말이다. 이미 뒤틀린 것들은 걷잡을 수 없이 금이 가기 때문이다.

상하는 절대 이 집으로 돌아오지 않을 것이다.

슬아는 시위처럼 상하의 운동화를 치우지 않았다. 그 앞에 고집스레 앉아 있는 슬아를 보고 뒤돌아서다 엄마는 다시 야멸차게 말했다.

"상하에게 일어난 일도 그리고 너한테 일어난 일도 다 내 탓이라고 하고 싶겠지."

"……."

슬아는 운동화에 시선을 붙박은 채 아무런 대꾸도 하지 않았다.

"욕망이라는 것이 혼자 자라는 것 같니?"

"……."

슬아가 듣든 말든 하얗게 타버린 엄마의 입술에서는 모래알 같은 말들이 서걱서걱 쏟아졌다.

"억울하다 이거지? 무시당하는 것 같아 기분 나쁘다 이거지? 넌, 어렸을 때부터 내키지 않으면 절대 움직이지 않는 아이였어. 보기엔 순하고 여려 보였지만, 천만의 말씀, 너 키우기 절대 쉽지 않았다.”

엄마는 뒤돌아서 창밖을 보며 크게 숨을 뱉었다. 그 숨소리는 지난 십칠 년의 세월이 결코 녹록치 않다는 것을 대변하는 것 같았다.

“사람들은 너 같은 아이를 두고 뭘 걱정하냐고 하는데, 흠, 속 모르는 소리지. 유치원 때였다. 예쁜 청재킷을 사서 입혀주었더니 맘에 안 들어 하더구나. 입고 가라니까 못마땅한지 뾰로통해서 집을 나서더라. 멀어질 때까지 너를 베란다에서 지켜보았다. 너는 집에서 어느 정도 멀어지자, 우뚝 걸음을 멈추더니 재킷을 벗어 둘둘 말아 가방에 넣더구나. 고 작은 것이 말이야. 놀이를 할 때도 상하에게는 물론 누구에게도 양보하는 법이 없었다. 놀이든 공부든 지는 것을 제일 싫어했으니까. 넌 항상 너만의 생각이 골똘한 아이였어. 지금 네 앞에 일어나는 일들을 누군가에게 다 떠넘기고 싶겠지, 상하도 네 기면증도. 네가 키우고 자초한 일도 있다는 것을 왜 인정하지 않는 거니?”

깨진 유리 조각 같은 말이 사방에 부려졌다. 그 말들은 뇌리 속에 강렬하게 반짝거렸다.

‘내가 키운 욕망……’

엄마 탓을 하며 부풀려온 풍선에 쇠꼬챙이가 꽂힌 기분이었다. 욕망은 혼자 자라는 것이 아니라고?

등이 쪼개지는 것처럼 아팠다.

슬아는 일요일마다 광산 개발 반대 시위에 참여했다. 새벽같이 올라온 보육원 사람들과 함께 개발 반대 구호를 외쳤다. 베로니카 수녀는 슬아를 볼 때마다 두 손을 부여잡으며 울었다. 그럴 때마다 슬아는 상하의 흔적을 어디에서도 찾을 수 없는 절망을 확인했다.

점심시간에 태봉과 만나 장미 정원으로 향했다.

슬아는 태봉의 미지근한 행동이 마음에 들지 않았다.

"넌 늘 한 템포 느려. 변한 게 없어. 하여간 하태봉 일관성은 알아줘야 해."

슬아는 욕인지 칭찬인지 모를 말로 시동을 걸었다.

"뭘 트집을 잡으시려고?"

태봉은 슬아를 쏘아보며 말했다.

"눈앞에 일어난 일을 버젓이 보고도 행동하지 않잖아. 지난번 웜홀을 통과하기로 결정할 때도 그랬고 시위 참여도 마찬가지야. 두 눈으로 보고도 판단을 미루고 있잖아. 결단을 내리지 않는 거지. 이제 그만해도 되잖니? 세상으로부터 너를 멀찍이 떼어놓는 거 말이야."

슬아의 목소리는 벼르기라도 한 것처럼 옹골찼다.

"근수한테 들었어. 엄마 얘기 말이야. 네가 아니라 네 엄마가 고통스러워야 하는 거 아니니?"

"씨발, 잘난 체는. 네가 뭘 안다고 함부로 지껄이냐? 너 내 앞에서 잘난 체하려거든 꺼져. 근수 이 개자식⋯⋯."

"야, 그게 아니잖아~."

엄마가 떠난 것이 아니라 자신이 엄마를 보낸 것이다. 웜홀을 통과할 때 엄마의 내민 손 앞에 고개를 젓던 열두 살의 자신을 보았다. 왜 그 기억은 까맣게 잊혀졌던 것일까. 엄마를 밀어내기 위한 안간힘이었을 것이다. 그래야 덜 힘들었을 테니까. 아버지 곁에 남기로 한 건 태봉의 선택이었다. 누구의 강요도 없었다. 열두 살 태봉의 어깨가 열일곱 살 태봉의 눈에 아프게 들어왔다.

태봉은 슬아 뒤로 흐르는 빨간색 덩굴장미를 바라보았다. 장미의 자줏빛 도는 빨간색은 후텁지근한 공기처럼 갑갑했으며 멀미가 나도록 지루했다.

'판단을 미룬 게 아니다. 세상 속으로 적극 끼어드는 게 겁나는 거다. 하루아침에 담을 허무는 것이 어디 쉬운 일인 줄 아냐? 한순간에 원망해야 할 대상이 밖에서 안으로 돌려졌는데 그게 아무렇지도 않게 정리될 수 있는 거냐고? 이러는 나도 짜증 난다. 그거 아냐?'

태봉은 빨간 덩굴장미에 시선을 고정한 채 속으로 뇌까렸다. 행여 눈치 싼 윤슬아에게 들킬까 봐 태봉은 슬아의 눈을 피했다. 더 이상 슬아에게 쪽팔리고 싶지 않았다.

일요일 아침 집으로 들이닥친 윤슬아 때문에 태봉은 처음으로 시위에 참여했다. 절대 내키는 걸음이 아니었다. 머리털 나고 처음 있는 일이라 어설프기 짝이 없었다. 피켓을 들고 구호를 외치는데 사뭇 목소리가 안으로 기어들어 갔다.

베로니카 수녀는 슬아를 보자 손을 꼭 잡았다. 핏기 없이 노란 건 여전했지만 손길의 따듯함만은 지난번과는 달랐다.

태봉을 보자 베로니카 수녀는 오매불망 기다렸던 사람인 양 반색을 했다. 손을 잡고 연신 태봉의 머리를 쓰다듬었다. 이렇게 든든한 친구가 슬아 곁에 있어서 마음이 놓인다고 했다. 태봉의 귀에는 그 말이 반대로 들렸다. 태봉의 곁에 슬아가 있어서 얼마나 다행인지 모른다고.

시위장에는 터전이 붕괴된 보육원 사진이 전시되어 있다. 사진 속에는 요한이의 죽음과 상하의 운동화 두 짝이 나와 있다. 슬아는 얼마든지 제2 제3의 요한과 상하가 나올 수 있는 일이라며 말 끝을 맺지 못하고 눈시울을 붉혔다.

태봉은 보육원으로 미니 금괴를 보냈다. 99퍼센트 좋은 일에 쓰이길 바란다는 메모와 함께.

시위가 끝날 무렵, 베로니카 수녀는 슬아에게 한 통의 편지를 건넸다.

"엄마가 보낸 편지야. 오늘 새벽에 이메일로 보냈더구나. 슬아 네가 해줘야 할 일이 있을 것 같아서."

하얀 봉투를 쥐여주며 슬아의 손등을 토닥였다. 슬아는 당황스러웠다. 예상치 못한 무거움이 슬아의 두 손에 얹어진 것 같았다. 조용한 데서 읽어보라는 당부가 있어 슬아는 주머니 속에 편지를 넣었다.

시위가 끝나자 태봉과 슬아는 웜홀로 향했다. 구멍은 메워졌고 도로는 다시 개통되었다. 언제 그런 일이 있었냐는 듯 차량들이 물길처럼 흘렀다.

태봉은 구멍이 있던 자리를 가늠해보았다. 슬아가 책 속에 끼워주었던 메모가 떠올랐다.

웜홀로 들어갈 수 있는 기회는 누구에게나 오는 것이 아니다. 날카로운 칼날에 심장이 베이는 듯한 죽음을 감수하는 자에게만 오는 것이다.

용기 있는 자만이 자신의 가장 약한 부분과 맞대면할 수 있는 거다. 그것을 들여다보고 인정해야지만 다른 세계로 갈 수 있는 것이다.

평행 우주와 같은 다른 삶은 지금 내가 살고 있는 이 우주에서도 가능하다. 그것은 자신의 선택과 그 선택을 가만히 들여다보면 만날 수 있는 일이다.

그러지 않으면 계속 허공에 발을 딛는 것처럼 허방다리를 짚으며 살아야 한다.

  처음엔 무슨 말인지 몰라 책갈피 속에 마구잡이로 구겨 넣었다. 그런데 곱씹을수록 웜홀을 통과했던 행위가 어떤 의미인지 새록새록 다가왔다. 웜홀에서 보았던 선택의 순간은 되돌릴 수 있는 일이 아니다. 그렇지만 그것을 잘 들여다보는 건 지금이라도 할 수 있는 일이다. 삼촌은 그 선택에 대한 책임을 떠넘기거나 회피하지 않고 스스로 감당하려고 노력하는 것이 중요하다고 했다. 어떤 일에 대한 책임은 누구에게나 있으며 특히 '나'의 책임이 가장 큰 거라고 했다. 누가 되었든 간에.

  태봉은 구멍이 있던 자리와 슬아를 번갈아 바라보았다. 슬아는 지금 무슨 생각을 하고 있을까?

  슬아는 구멍이 있던 자리를 어림하며 엄마를 떠올렸다. 자연히 주머니로 손이 갔다. 두 겹으로 접어 넣은 봉투의 양감이 두툼했다. 슬아는 선뜻 편지를 꺼내지 못했다.

  어젯밤 늦게 엄마는 헬싱키에 사는 젬마 아줌마와 통화했다. 엄마가 젬마 아줌마와 통화한다는 건 무척이나 힘겹다는 얘기이다.

  "거품이 꼭 나쁜 것만은 아니라고 봐. 자신을 지탱해주는 목숨줄일 수도 있고 일상을 이어가는 힘일 수도 있는 거야. 그것을 위해 포장하고 치장하는 것이 왜 나빠? 그게 비난받을 일이니? 슬아가 그러더라. 상하와 저는 엄마를 위한 데커레이션 아니냐고.

내가 왜 그런 말을 들어야 해? 이게 내 희생에 대한 대가냐고. 그래, 내가 슬아를 내세워 허세를 부렸다고 쳐. 그게 왜 문제가 돼? 허세 없는 사람 있으면 나와 보라고 해. 폼 잡고 싶지 않은 사람 있음 나와 보라고 해. 뭐라고? 착각이라고? 그게 무슨 말이니? 내가 인정받으려고 할 때마다 누가 가장 힘들어할지 생각해봤냐고? 다른 사람을 위해 희생한답시고 자신을 소중히 여기지 않는 것을 자랑 삼는 사람들 때문에 모두 병들어 가는 거라고? 잠깐만……."

엄마는 수화기를 붙잡은 채 한동안 말을 잇지 못했다. 눈을 감고 숨을 고르는 듯했다. 엄마의 밭은 어깻숨이 느껴졌다.

"그럼, 상하가 저렇게 된 것도 슬아의 기면증도 다 내 탓이라는 얘기니? 뭐? 매니저와 엄마는 다른 거라고? 그냥 따뜻한 엄마면 되는 거라고? 하, 세상 물정 모르는 소리만 하는구나. 기가 막히다. 그만해. 부처님 가운데 토막 같은 소리 하려거든 집어치워~. 네가 벼랑 끝에 몰린 사람 심정을 알아? 끊어. 끊으라고~."

엄마는 불도 켜지 않은 방 안에 오도카니 앉아 두 무릎 사이에 얼굴을 묻었다. 엄마의 어깨 위로 짙은 어둠이 서리서리 내렸다.

오늘 아침, 집을 나서는 슬아의 등에 대고 엄마는 말했다.

"너와 상하가 있기 때문에 엄마도 꿈을 꿀 수 있었다. 그런데 젬마 아줌마는 그게 잘못된 거란다."

풀기 빠진 엄마의 목소리는 여러 번 휘청거렸다. 슬아가 뒤돌아서자 엄마는 곧바로 눈길을 피해 창밖을 보며 말했다.

"상하가 내게 온 것도 운명이라고 생각했다. 그런데 이렇게 무참히 거두어 가버리다니…… 아직은 받아들이고 싶지 않다."

머리도 만지지 않았고 화장도 하지 않은 민낯에 눈은 소복하게 부어 있었다. 뒤돌아서는 엄마의 등이 몹시 지쳐 보였다. 금방이라도 허물어질 것처럼 수척했다. 엄마는 잠시 갈피를 잡지 못하고 비틀거렸다. 길을 잃은 사람처럼.

처음으로 엄마의 철옹성 같은 벽 한쪽이 허물어진 느낌이 들었다. 동시에 엄마와 슬아 사이에 놓인 유리벽이 조금은 걷힌 느낌이 들기도 했다. 어쩌면, 표현 방식에 있어 엄마와 슬아의 방식이 다른 것뿐인지도 모른다는 생각이 들었다. 상대에게 자신이 원하는 상을 그려놓고 그 기대처럼 되지 않으면 문을 닫아버리는 슬아의 모습 또한 엄마와 다를 게 없다. 그러고 보니 그건 어렸을 때부터 길러진 고집 같은 거였다.

초등 2학년 때였던가. 뭐든지 잘 사주는 아랫집 이나 엄마와 엄마를 바꿨으면 좋겠다고 말했다가 엉엉 운 적이 있다. 이나의 요술 공주 밍키 세트가 어찌나 탐나고 부럽던지, 사달라고 조르다가 나온 말이었다. 엄마는 냉정하게 말했다.

"그럼 이나 엄마랑 엄마를 바꿔. 당장."

그때 이나 엄마가 슬아의 엄마가 되고 엄마가 이나의 엄마가 되는 모습이 순식간에 그려졌다. 덜컥 겁이 나고 무서웠다. 이나가 엄마에게 엄마라고 부르고 슬아가 변덕스러운 이나 엄마에게 엄마라고 부르는 상상을 하자 눈앞의 빛이 사라지는 것처럼 아득했다. 어찌나 서럽던지, 그러면 안 된다고 발을 동동 구르며 울었다.

슬아는 웜홀이 있던 자리를 다시 가늠하며 또 한 번의 용기를 내야겠다고 생각했다. 슬아는 크게 숨을 뱉으며 편지 봉투를 꺼냈다. 가슴이 쿵쾅거렸다.
어떤 사람의 처음 고백을 엿보는 것처럼 몹시 후들거렸다.

수녀님,
저는 왜 이렇게 서투른지요.
저는 엄마 될 자격이 없는 사람인가 봅니다.
그래서 하나님도 제 몸에 허락하지 않은 건지도 모릅니다.
제가 여태껏 한 일은 불안에 떨다 제 불안을 아이들에게 전가시킨 것밖에는 없는 듯합니다.
핑계 같지만 왜 아이들이 살아갈 날들까지 불안해했는지.
미래를 담보 삼아 아이들을 다그치며 불안을 조장하고 협박했다는 생각이 듭니다.
그 불안조차도 아이들 몫이며 아이들이 감당해야 할 과정인데 저의 조바심이 많은 것을 망친 듯합니다.

전 지금 몹시 두렵습니다. 슬아마저도 제 곁을 떠날까 봐요.

상하의 소식을 듣던 날,

성모상과 십자가 고상을

집 뒤 언덕에 묻었습니다.

손톱에서 피가 나도록 땅을 후벼 팔 때

비로소 눈물이 났습니다. 상하를 보낼 때도 그 후에도

꾹꾹 눌렀던 눈물이었습니다.

울음을 파묻기라도 할 것처럼 구덩이에 대고

짐승처럼 울었습니다.

상하의 손을 놓는 게 아니었습니다. 상하의 생부와 싸우더라도

지켰어야 한다는 회한이 들끓었습니다.

상하도 슬아처럼 그렇게 밀어붙이면 될 줄 알았습니다.

제 착각이었죠. 상하는 슬아와 전혀 달랐습니다.

사사건건 상하와 부딪힐 때마다

입양을 후회하기도 했습니다.

만약 상하가 아니라 슬아였다면

그렇게 쉽게 손을 놓았을까요?

그렇지 않다고 자신 있게 대답할 수 없었습니다.

엄마라면, 엄마라면 말이죠, 끝까지 자식의 손을 놓아서는 안 되

는 거잖아요.

당분간 성모상과 십자가 고상은 땅속에서 꺼내지 못할 것 같습니다.
용서하세요.

슬아를 어떻게 대해야 할지
아직도 모르겠습니다.
슬아와 눈을 마주칠 수 없어
등만 보였습니다.
추웠을 겁니다.
그런 저도 추웠으니까요.
제 잘못이 크다는 걸 압니다.
잘못된 틀에 넣어놓고 의심하지도 반문하지도 못하게
밀어붙였으며 네 탓이라고 윽박지르기까지 했으니까요.
슬아는 제게 첫아이이고 앞으로 슬아와 맞닥뜨려야 할 상황 또한
처음일 겁니다. 저는 내내 서툴겠지요.
그래도 슬아가 절 받아줄까요?

슬아의 입에서 탄식과 같은 말이 흘러나왔다.
"엄마……."
가슴속에서 뜨거운 덩어리가 목울대까지 차올라 뻑뻑했다.

슬아는 진즉에 알았다. 상하처럼 친부모가 나타나 선택의 순간
이 다시 온다고 해도 지금의 엄마를 선택할 것이라는 것을.

태봉은 웜홀이 있던 자리를 뒤로한 채 클러치를 눌렀다. 뒤따
라오는 바람보다 더 빠르게 달렸다. 바람은 그들의 엉덩이를 슬
쩍 밀어주고 짐짓 모른 체했다.

"야, 하태봉, 우리 방방 탈래?"

"뭘 타?"

"방방~."

한참을 헤맨 끝에 네거리 옆, 코스모스방방으로 들어갔다. 노란
색 비닐 울타리에 지붕을 뚫어놓은 유일한 곳이다. 슬아는 방방
을 타는 곳도 까탈을 부리며 골랐다. 반드시 지붕이 뚫린 곳이어
야 한단다. 그래야 설핏설핏 다른 세상을 볼 수 있다나 어쩐다나.
밑도 끝도 없는 말을 하는 건 여전했다.

방방 위에 서자 태봉과 슬아의 모습이 단무지 통에 빠진 것처
럼 노랬다.

슬아가 발을 슬슬 구르기 시작했다. 탄력을 받은 슬아의 몸이
폭폭 꺼졌다가 톡톡 튀어 올랐다. 슬아는 깔깔대며 웃었다. 웃음
소리가 밖으로 튕겨져 나갈 것처럼 야무지게 통통거렸다.

태봉의 차례가 되었다. 태봉은 초딩 때 타던 방방 실력을 유감
없이 발휘하기 위해 몇 번 구른 뒤 텀블링을 했다. 앞으로 뒤로

연속 텀블링을 하자 슬아는 우와, 대박, 소리를 내며 감탄사를 연발했다. 태봉은 아직 녹슬지 않은 실력에 절로 어깨에 힘이 들어갔다. 방방을 타는 동안에는 중력의 힘을 거스를 수 있다. 몸이 커질수록 중력은 세지는데, 방방은 그 힘을 벗어날 수 있는 유일한 곳이다. 통쾌했다. 태봉은 힘차게 굴러 다시 한 번 텀블링을 했다.

슬아는 높이 뛰어오를수록 눈알을 땅에 두고 뛰어 오르는 것 같아 어지러웠다. 높이 오를 때마다 저절로 눈이 감겼다. 상하가 말한 느낌과 사뭇 달랐다. 상하는 어떻게 다른 우주를 보았을까. 그때 슬아의 귀에 상하의 목소리가 들렸다.

—누나, 떨어져도 무조건 받아주는 쿠션이 있잖아. 그냥 믿고 더 높이 뛰어올라, 겁먹지 말고.

슬아는 주위를 두리번거렸다. 어딘가에서 상하가 방방을 타고 있는 건 아닐까, 싶을 정도로 생생했다.

—누나, 겁먹지 마.

다시 숨찬 상하의 목소리가 들렸다. 상하가 통쾌하게 웃어젖힐 때의 탄력 있는 목소리다. 두리번거렸지만 상하는 어디에도 보이지 않았다.

슬아는 발을 세게 구른 뒤 눈을 떴다. 뛰는 각도를 비틀 때마다 눈앞의 풍경이 달라졌다. 네거리의 신호등이 빨간불에서 파란불로 바뀌고, 방금 전에 보이지 않던 화살표에 초록불이 들어와 있다. 구불텅구불텅 길의 휘어짐에 따라 자동차는 흐름을 타고 사람들은 제각각 다른 모양과 다른 색깔의 옷을 입고 다른 표정을 지으며 횡단보도를 건넌다. 어디로 향하는지는 모르지만 어딘가로 향하는 건 분명하다. 제각각의 정리와 다짐과 결별과 선택과 욕망과 갈등과 무수한 시행착오를 안은 채. 묵·묵·히. 어느 날 느닷없음과 맞닥뜨릴지라도.

그리고 사람들은 가끔 자신이 먼지처럼 사라질 수도 있다는 두려움에 떨기도 하고 때로는 그러길 바라기도 하면서, 어느 날 우두커니 서서 이렇게 물을지도 모른다. 나는 왜 여기 있지?

이 책의 첫 출간을 앞두고 표지를 결정하지 못해 애먹었던 기억이 난다. 수십 개의 디자인이 올라와도 딱히 이거다, 하는 게 없었다. 그러다 주인공 태봉과 슬아의 이미지를 가장 잘 살린 것으로 하자는 생각이 들어 태봉과 슬아가 오토바이를 타고 웜홀로 들어가는 장면으로 표지를 결정하게 되었다. 그렇게 옷을 입고 5년여의 시간이 지났다. 라디오 극으로 방송이 되고 연극 무대에 오르기도 하면서, '선택'과 '책임'이라는 주제로 꾸준히 청소년들과의 만남을 이어가고 있다.

어느 중학교에 강연을 갔을 때, 2학년 학생이 물었다. 이제껏 나온 선생님 소설의 공통점이 무엇이냐고. 예상치 못했던 질문이었다. 허를 찔린 기분이라고 해야 하나? 부분이 아니라 전체를 보는 눈에 놀랐다. 나도 종종 생각하던 문제이기도 했다. 내가 끊임없이 소설을 통해 소통하고자 한 것은 무엇인가.

'살리고 싶다'는 간절한 바람이었다. '특별한 배달'도 그런 마음을 담았다. 현실에서는 죽음의 공간일 수 있지만 소설에서는 삶의 공간이 될 수도 있다는 생각이 들었다.

내 글이 어느 골짜기에 닿을지 모르겠지만 그렇게 계속 소리를 내는 것이 나의 할 일이라는 생각이 든다. 나의 소리가 더 큰 메아리가 되어 어딘가에 닿길 바란다.

나는 가끔씩 묻는다. 내가 왜 여기에 있는지.

어떤 결정적인 선택이 나를 여기로 이끌었을까? 종종 묻곤 한다.

지난 시간을 되돌아볼 때 아쉬움이 없는 건 아니다. 그때 만약 그런 선택을 하지 않았더라면 나는 지금쯤 어디에 있을까? 한편으로는 아찔하기도, 한편으로는 그래도 그만하면 잘 왔다는 안도의 숨이 쉬어지기도 한다.

되돌아보는 것이, 후회나 미련이라기보다는 나의 현실을 '받아들이는' 과정이라고 생각한다.

받아들임, 그것은 나의 선택에 따른 책임을 진다는 말과 통한다.

화가 많이 나본 사람은 안다. 내 탓이 아니라 네 탓이라고 생각할 때 걷잡을 수 없이 화가 치밀어 오른다는 것을.

여기 당도하기까지 '나'의 선택이 있었다는 것을 인정하면 조금 덜 화가 난다. 그것이 진창에서 나올 수 있는 길이며 지금보다 앞으로 나갈 수 있는 길이라고 생각한다. 그러기 위해서는 끊임없이 되돌아보며 자신과 대화해야 한다.

무엇이든 순위를 매기고 그 순위가 돈으로 환산되는 시대에 순위에 들지 못했거나 더 이상 쓸모없다고 내쳐진 것들에, 절대 빛바래지 않을 순금의 고유함이 있다는 것을 얘기하고 싶었다. 감히 누군가에게 위로라는 말을 건넬 수 있다면 그렇게 하고 싶었다. 나도 위로받고 싶었기 때문이다.

삶에 대해 끊임없이 고민하기를 주저하지 않는 수많은 태봉과 슬아를 언제나 응원할 것이다. 스스로 주체가 되어 삶을 개척해가는 청소년들을 많이 만났으면 좋겠다.

어느 날, 길을 가다 우뚝 서 나는 또 물을 것이다. 나는 왜 여기에 있으며 어디로 가고 있는지. 이 물음은 죽을 때까지 이어질 것이며 그때마다 선택의 순간을 되돌아볼 것이다.

삶은 우리가 선택하든 선택하지 않든 한순간도 정지하지 않고 흘러간다. 선택을 하지 않는 것도 선택이다, 라는 말이 있는 것처럼. 선택할 수 있는 자유가 있다는 것은 축복임에 틀림없지만, 그것이 불행일 수도 있다는 삶의 이면에 겸허히 고개 숙어지는 시간이다.

책이 나오기까지 애써 주신 자음과모음 식구들께 감사드린다. 특히 나와 손발 맞추는 것을 저어하지 않는 사태희 부장께 고맙다는 말을 여러 번 건네고 싶다.

이 소설을 읽고 누군가 조금이라도 위로를 받을 수 있다면 그것으로 감사하겠다.

2013년 1월 눈이 소복한 아침

김선영

운명과 선택, 그 사이에서

정진희
(문학평론가, 성신여대 강사)

1. 주체의 역동(力動)으로서의 시간, 카이로스

시간은 존재의 시원(始原), 존재의 선결 조건이다. "한 처음에 하느님께서 하늘과 땅을 지어내셨다"(공동 번역 성서, 창세기 1:1)라는 성서의 선언대로 시간은 창조 자체의 선결 조건, 신적 창조의 시원을 이룬다. 존재가 터하는 '하늘과 땅'의 공간 탄생 이전, 신적 창조라는 신비의 영역 속에 시간이 있다. 신은 '한 처음' 자체와 함께 존재하며 '한 처음' 자체를 창조한 것이다.

작가 김선영은 이 시간의 문제에 도전한다. '태초'라는 언뜻 넘겨버리기 쉬운 추상어를 '한 처음'이라 불러 시간에 생생한 육체를 부여하는 순간, 그 순간이 김선영이 말하는 크로노스의 시간이 카이로스의 시간으로 변화하는 순간이다. 저절로 흘러가는 동력(動力)으로서의 시간이 주체의 역동(力動)으로서의 시간으로 바뀌는 순간이다.

이 형이상학적 역동을 청소년 소설이라는 언뜻 가벼워 보일 수 있는 외피 속에 담아 지속적으로 추구해온 것이 김선영의 전작 『시간을 파는 상점』과 이 작품 『특별한 배달』을 관통하는 김선영 소설의 미덕이다. 이 역동은 턱없는 형이상학의 사변으로 흐르지 않는다. 소설이기에 가능하고 청소년 소설이기에 더욱 가능한 일이다. 굳이 민태원의 수필 「청춘예찬」을 빌리지 않더라도 청춘만큼 스스로의 시간을 뜨겁게 역동시킬 수 있는 시기는 없기 때문이다.

『특별한 배달』에서 유난히 강조되는 것은 운명과 선택의 관계이다. 선택은 인간이 자신에게 주어진 조건 중 자신이 원하는 것 또는 필요한 것을 골라서 취하는 작업이다. 운명은 인간 개인의 힘으로는 어찌할 수 없는 필연적이고 초월적인 힘이나 그 힘으로 말미암아 생기는 길흉화복을 말한다. 선택은 인간의 의지에 따라 움직이지만 운명은 인간의 의지로 극복될 수 있는 것이 아니다. 그런데 작가는 이 작품을 통하여 운명 역시 인간의 선택으로 결정되는 것이며, 때문에 아무리 척박한 상황에 놓이더라도 인간의 의지로 자신의 삶을 의미 있게 만들어갈 수 있다고 말한다. 이것은 우리의 시간을 의미 있는 시간으로 흘러가게 하는 것, 다시 말해서 카이로스의 시간이 흘러가게 함을 보여주는 것이 된다.

2. 비틀린 운명과 현재적 삶

'괴롭다.' 이 작품의 주인공 태봉과 슬아의 상태를 한마디로 정리한 말이다. 태봉의 장래 희망은 잉여인간이다. 그는 매서운 '주먹'과 '깡', 거기에다 '삼삼한 비주얼'까지 지닌 에너지가 넘치는 인물이나, 자신의 에너지를 사용하지 않으며 꿈도 희망도 없는 무기력한 일상을 보낸다. 슬아는 전교 1등에 '1학년 여신'이라는 별칭을 받을 정도로 빼어난 존재이나 기면증 때문에 완벽했던 자신의 일상에 구멍이 뚫리면서 괴로워한다.

현재 이들을 불행하게 만드는 가장 큰 원인은 부모이다. 두 사람은 모두 부모에게서 상처 받은 경험이 있다. 태봉은 아버지와 어머니가 며칠 동안 자신을 버렸다는 사실에 큰 상처를 받는다. 특히 엄마가 아버지 때문에 자신을 버리고 떠났다는 사실에 분노한다.

어느 날 엄마가 떠났다. 숨 쉴 틈도 주지 않고 더 큰 구멍이 나버린 것이다. 그야말로 느닷없음의 연속이었다.

그 후 아버지는 몇 날 며칠 집에 들어오지 않았다.

배고픈 것도 참을 수 있었다. 아무도 없는 것도 참을 수 있었다.

견딜 수 없는 건 밤마다 찾아오는 어둠이었다. 까만 어둠이 코와 눈과 입과 귀를 틀어막았다. 숨이 막혔다. 어둠이 태봉의 몸뚱이를 친친 동여맨 뒤 부식시켜버려 어느 순간 삭아 내릴 것 같았다.

태봉은 제 팔다리를 만져보고 얼굴을 쓰다듬어보았다. 분명 물렁한 살이 만져지고 코로는 뜨거운 숨이 나왔다. 이렇게 실재하는데 왜 아무도 찾아주지 않는지, 왜 존재를 인정해주지 않는지 받아들일 수 없었다.(63~64쪽)

아버지의 실직 이후 태봉은 자신이 그토록 좋아하던 태권도도 그만두고, 아파트에서 반지하 방으로 이사했으며, 학교도 전학한다. 자신이 좋아하던 것들이 모두 떠나간 것이다. 무엇보다 태봉을 절망스럽게 하는 것은 자신이 부모에게조차 버려졌다는 사실이다. 부모는 자식이 세상에서 가장 먼저 만나는 사람이다. 어린아이가 부모에게 버림받았다는 사실은 개인을 사회와 연결시키는 일차적 관계에 문제가 생겼음을 말한다. 일차적 인간관계에 문제가 생긴 경우, 그 뒤를 이어 연쇄적으로 이어지는 인간관계에 문제가 생길 수밖에 없다. 태봉이 스스로 외부와의 관계를 단절시켜버린 것은 이러한 측면에서 봐야 한다. 태봉은 세상으로부터 더 이상 상처받지 않기 위하여 자신을 꽁꽁 감싸며 타인과 일절 교류하려 들지 않으며 심지어는 '잉여인간'이 되겠다는 어처구니없는 장래 희망을 품고 있다.

슬아의 괴로움은 입양아라는 태생적 한계와 완벽한 명품 가정을 꿈꾸는 엄마의 의지에서 비롯된다. 슬아 엄마는 사랑으로 끈끈하게 연결되는 가족 관계에 신경 쓰기보다 외부에서 바라볼 때 근사하게 보이는 것을 중요하게 여기는데, 슬아 엄마의 이런 태도는 혈연으로 맺어지지 않은 가족 관계를 더욱 불안정하게 만든다. 나름 풍족하고 여유 있는 부모, 착하고 예쁘고 공부 잘하는 아이들의 모습은 이른바 '근사한 가족'이 지녀야 할 필수 사항이다. 슬아 엄마는 이상적 모습에서 벗어나는 것을 참지 못하고 아이들을 드잡이한다.

"난, 입양아야."

(⋯⋯)

"작품성 높은 그림처럼 명품 가정을 꾸리는 것이 우리 엄마 꿈이야. 엄마의 그림대로라면 난 지금처럼 유지하지 않으면 안 돼. 그건 엄마의 자존심이 허락하지 않을 거야. 날 다시 파양하는 한이 있더라도. 만약 명품 그림에 흠집을 내면 나는 어느 순간 사라지게 될 거야."

슬아의 목소리는 변함이 없다.(107~108쪽)

슬아는 기면증 때문에 엄마에게 파양당할까 봐 두려워하며, 병원에 가면 자신의 증상이 엄마에게 알려질 것 같아 병원조차 가지 못한다. 슬아의 두려움을 더 키운 것은 동생 상하의 파양이다. 상하는 늘 엄마와 엇나가게 행동하여 엄마를 성나게 만들었는데, 슬아는 상하가 그것 때문에 엄마의 눈 밖에 나서 파양되었다고 생각한다. 때문에 완전하지 못한 자신의 상태가 엄마에게 알려지면 자신도 상하처럼 파양당할 수 있다고 여긴다. 신기한 것은 슬아 역시 엄마를 사랑한다는 느낌은 주지 않는다는 점이다. 다만 사람들은 누구나 가족이 있으며 슬아 자신은 아직 어리기 때문에 부모의 보호를 받아야 하므로 지금 현재 가족에서 내쳐질 것이 두려울 뿐이다.

부모들의 불친절한 태도는 가족을 부정적으로 바라보는 이들의 시선이 더욱 삐딱하게 되도록 부추긴다. 태봉의 부모와 슬아의 엄마는 가족 내에서 벌어진 일련의 사건들에 대해 전혀 설명하지 않는다. 태봉의 엄마가 왜 가족을 떠났으며, 태봉의 아버지는 왜 잉여인간처럼 행동했으며, 상하가 왜 파양되었는지조차도 그러하다. 태봉은 자신이 부모에게 아무런 영향도 끼치지 못하는 '투명인간' 같은 존재라며 분노한다. 슬아는 자신이 '엄마의 폼 나는 삶을 위한 데커레이션'이라 여기며, 불완전한 자신의 상태 때문에 파양될지도 모른다는 불안감만 키운다. 가족 간의 소통의 부재가 구성원 사이에 오해를 불러일으켜 구성원 간의 관계를 불안정하게 만드는 원인이 된 것이다.

부모와 자식의 관계는 흔히 하늘이 정해주는 것이라고 말한다.

부모 마음대로 원하는 자식을 선택하여 낳을 수 없으며, 자식 역시 부모를 자기의 취향에 맞도록 선택할 권한이 없다. 때문에 우리는 이것을 '운명'이라 말한다. 부모 자식 간의 관계는 친구 관계처럼 마음에 맞지 않으면 서로 만나지 않아도 되는 관계가 아니다. 가족 관계는 어느 한쪽의 목숨이 다해야 끊어지는 것이므로, 인간의 힘과 노력으로는 벗어날 수 없는 것이다. 태봉과 슬아의 고통은 운명에서 비롯된 것이어서 더욱 고단하고 괴로울 수밖에 없다. 이들의 삶은 부모 때문에 비틀어져서 불행하고 꿈과 희망, 열정이 사라진 의미 없는 시간으로 채워져 있으므로 현재 태봉과 슬아의 카이로스적 시간은 '멈춤'이다.

3. 선택과 책임, 그리고 운명

『특별한 배달』은 '선택'을 강조하는 작품이다. 인간은 항상 무언가를 선택해야 하며 선택의 결과를 겸허히 받아들이고 선택에 대한 책임도 져야 한다. 선택의 결과는 자신에게 유리하게 작용하기도 하지만 때로는 치명적인 결과를 불러일으킬 수도 있다. 때문에 선택은 어떤 경우에라도 신중해야만 한다. 하물며 자신의 인생을 뒤바꿀 수 있는 결정이 신중해야 함은 더 말할 필요조차 없다.

이 작품에서는 세 인물의 선택을 조명한다. 태봉과 슬아, 그리고 상하의 선택이다. 태봉의 경우 자신이 잉여인간처럼 사는 것을 문제라고 인식하려 하지 않았다. 그러나 슬아와 근수, 고래삼촌 덕분에 자신에게 문제가 있다는 사실을 깨닫게 된다. 근수는 태봉과 같은 반 친구로 지방에서 올라와서 외형상 촌스러워 보이지만 아르바이트도 하고 간간이 농사도 지으며 자신의 꿈인 래퍼가 되기 위해 노력하는 건실한 학생이다. 근수는 태봉이 저지른 일을 은근슬쩍 해결해주기도 하고 태봉이 아버지와 잘 지낼 수 있도록 도와주기도 한다. 태봉은 자신의 꿈을 이루기 위하여 노력하는 근수의 모습과 자신을 비교하며 자신의 모습을 어렴풋이나마 깨닫게 된다.

고래삼촌 또한 태봉의 모습을 일깨워주고, 태봉이 변화할 수 있도록 조언해주는 인물이다. 아무런 희망 없이 사는 태봉으로 하여금 무기력한 모습을 돌아보게 해주고, 사고로 두 다리를 잃었지만 오히려 보상금으로 할리데이비슨을 구입하여 사무실에 들여다 놓고 사고 당하던 날의 결정을 후회하지 않는 모습을 보여준다. 특히, 후회되는 순간이 없느냐는 태봉의 질문에 대한 고래삼촌의 대답은 선택과 그 결과에 어떻게 대처해야 하는가를 보여주는 현답(賢答)이다.

"이눔아야, 사람이 살민서 후회하는 기 없으면 그기 사람이가? 후회는 아무리 빨리 해도 늦었다고 앙카나. 그래서 난 후회 안 한다. 후회할 일도 내 인생이고 내 선택이었는데 그걸 후회해서 우짜겠노? 그냥 받아들이면 괘안타. 대신 두 번은 없데이. 바라 태봉아, 사람은 실수가 있기 때문에 반성도 하고 뭐라 해야 하노, 뭐 깊어지기도 하고 그라는 기다. 가만있어 봐라, 하태봉 니 혹 사고쳤나?" (161~162쪽)

선택의 결과가 좋지 않다 하더라도 그것 또한 자신의 선택이므로 그냥 받아들이면 된다는 것이다. 실수도 하고, 후회도 하고, 반성도 하고, 그런 과정을 통하여 사람은 성장한다. 이러한 일련의 과정을 통하여 인간은 자신의 시간을 의미 있는 시간으로 만들어 가는 것이다. 태봉이 아버지의 일기장을 훔쳐보고 자신이 그동안 아버지를 오해했음을 알게 되고 뒤늦게나마 아버지를 위하는 마음이 생길 수 있었던 것도 주변 사람들의 도움이 있었기 때문이다. 키도 어른처럼 크고 힘도 세지만 아직은 십대 소년에 불과하지 않은가. 주변 사람들의 도움이 아직은 미성숙한 태봉의 변화에 반드시 필요한 필수 사항이라 하겠다.

작품 속에 등장하는 웜홀 체험은 자신의 모습을 객관적으로 들여다보기 위한 하나의 장치이다. 현재 자신의 상태를 바꾸기 위해서는 자신의 문제를 파악해야 하는데, 슬아 자신만의 힘으로는 그것을 알아낼 길이 없다. 평소 평행 우주 이론에 관심이 많았던 슬아는 신문 기사에 난 길에 생긴 큰 구멍이 웜홀임을 알고 태봉의 도움을 받아 웜홀을 통과하려 한다. 비록 배달부 김일구의 웜홀 체험 증언이 있었으나 웜홀 내부에서 어떠한 돌발 상황이 발생될지 모르는 상황에서 이들의 시도는 무모하게만 보인다. 그러나 슬아는 목숨을 걸어야 할 만큼 절박하게 자신의 모습을 알 필요가 있다고 생각한 것이다.

슬아와 태봉은 김일구의 증언에 따라서 웜홀을 통과하여 현재 자신의 삶에 큰 영향을 끼친 결정적 순간을 보게 된다.

① 태봉의 눈앞에도 길지 않은 지난날들이 지나갔다. 엄마가 짐을 꾸린 뒤 손을 내밀었을 때 고개를 젓는 태봉의 모습이 보였다. 어스름 저녁이었다. 불 켜지 않은 반지하 방에 어둠이 잠입해 들어올 즈음 엄마가 재차 손을 내밀어도 태봉은 완강하게 고개를 저었다. 점점 어둠 속에 묻힐 즈음, 아버지의 모습이 보이고 삼촌과 할리데이비슨이 보이고 비트박스를 넣는 근수가 보였다. 화면은 영화 필름처럼 차례로 지나갔다.(168쪽)

② 기저귀 찬 슬아의 모습이 보였다. 간신히 발짝을 뗄 뿐 기어 다닐 정도이다. 다른 아이들도 많았다. (……) 슬아는 누군가에게 기어갔다. 엄마다. 엄마 옆에 아빠도 있다. 보모인 듯한 여자가 슬아를 보고 손뼉을 치며 웃는다. 보모는 이리 오라고 손뼉을 치며 양손을 벌린다. 슬아는 본 척도 하지 않고 엄마를 향해 기어간다.(174쪽)

웜홀을 통해 들여다본 자기 삶의 결정적 순간은 이들에게는 예상치 못한 의외의 모습이다. 태봉은 엄마가 자신을 버렸다고 알고 있었는데 실제로는 자신이 엄마를 선택하지 않는다. 슬아의 경우도 마찬가지이다. 엄마가 선택했던 아이가 슬아였던 것이 아니라 슬아가 엄마를 선택한 것이다. 이들은 자신의 현재를 결정하는 중요한 순간에 자신이 뜻밖의 선택을 했음을 알게 되며, 현재 자신의 불행이 자신의 선택으로 출발했다는 것을 깨닫는다.

태봉과 슬아와는 달리 상하의 경우 선택의 결과가 치명적으로 작용한다.

물론 상하의 의견도 있었지. 제 친부모에게 간다고 정확히 의사를 밝혔으니까. 네 엄마를 차마 볼 수가 없었다. 열다섯 해의 시간이 핏줄 앞에서는 아무것도 아니라는 사실에 엄청난 충격을 받은 셈이지. (……) 그런데 상하는 얼마 전에 여기로 다시 돌아왔어. 사고 후 알고 보니 생부로부터 도망쳐 나온 거야. 그것도 병원에서. 생부가 간암 말기인데 이식밖에 방법이 없어서 상하가 필요했던 거야.(197쪽)

슬아는 상하가 엄마에게 파양되었다고 알고 있었으나 사실 상하는 친부모에게 돌아간 것이다. 이것 역시 상하의 선택이었다.

그러나 상하는 생부가 간이식 때문에 자신을 찾았음을 알게 된다. 상하는 간이식을 하지 않고 보육원으로 도망갔으나 보육원 건물이 무너지면서 죽게 된다. 상하 자신이 내린 선택의 결과가 결국 자신을 죽음에 이르게 한 것이다. 이처럼 선택은 그 결과를 예측할 수도 없으며 이렇게 치명적인 결과를 낳기도 한다.

선택과 삶, 책임에 대한 이와 같은 작품 설정이 매우 극단적으로 보일 수 있다. 선택의 순간 당시 슬아는 기억조차 나지 않는 돌 전 아기이며, 태봉은 열두 살, 상하는 열다섯 살이다. 돌도 지나지 않은 아기는 말할 것도 없고, 열두 살, 열다섯 살 아이들이 선택의 결정을 내리기에는 선택해야 하는 대상이 너무도 버거운 것이다. 그만큼 선택의 순간은 결정을 내려야만 하는 주체의 의지나 상황과는 아무런 상관없이 갑작스럽게 들이닥친다. 또한 자신을 죽음에 이르게 할 만큼 선택의 책임은 엄정하게 작용한다. 이와 같은 작품 설정은 선택에 대한 작가의 메시지를 강조하기 위한 소설적 장치로 이해해야 할 것이다.

많은 경우 소설 속 설정과 같은 입장의 어린아이는 선택의 순간에 수동적으로 움직인다. 다시 말해서 아이들은 스스로 선택하지 않는다. 어른들의 선택에 자신을 내맡기므로 아이의 운명이 어른의 손에 결정되며, 선택의 책임 역시 어른들이 져야 하는 것이라 생각할 수 있다. 그러나 결정을 내리는 것은 어른들이지만, 어른들의 결정을 인정하고 따르는 것은 아이의 선택이다. 아이가 어른들의 결정을 받아들이는 순간 그것은 곧 아이의 선택이 되고 아이의 운명이 되므로 선택의 책임 역시 아이가 스스로 감당해야 하는 몫임을 반드시 명심해야 할 것이다.

또 하나, 작가는 선택의 결과를 올바로 이끌어내는 중요한 요인으로 '사랑'을 언급한다.

태봉이가 떠올랐다. 아직은 아비가 품어줘야 할 나이다. 그러고 보니 집에 들어가지 않은 지 여러 날 되었다. 허둥지둥 냇물에 발이 빠지는 것도 아랑곳없이 집으로 향했다.

깜깜한 집, 축 늘어진 태봉이가 어둠 속에 버려져 있었다. 태봉의 가늘어진 숨소리에 귀를 기울이며 울었다. 소처럼 울었다.(143쪽)

태봉의 아버지는 사업 실패로 자신의 존재가 희미해짐을 알고 자살하려 하나, 태봉을 떠올리며 다시 집으로 돌아간다. 삶과 죽음의 기로에서 아버지가 삶을 선택한 것은 태봉에 대한 부정(父情) 때문이다. 고래삼촌이 두 다리를 잃고도 그날 오토바이를 탔던 자신의 선택을 후회하지 않는 것은 자기 자신에 대한 사랑 때문이다. 태봉이 자신의 태도를 바꾸게 된 것은 웜홀 체험을 통하여 엄마가 자신을 버린 것이 아님을 알게 되어 엄마의 사랑을 깨닫게 되었기 때문이다. 오토바이 배달부 김일구가 웜홀을 통과한 후 고향집으로 돌아간 것은 어릴 적 가족과 함께 살았던 순간에 느꼈던 가족의 사랑을 떠올리며 다시 새로운 인생을 시작하고 싶었기 때문이다. 슬아는 엄마가 베로니카 수녀에게 보낸 이메일을 통하여 엄마가 상하를 보낸 것을 후회하고 있으며 상하와 자신에게 지독하게 대한 것 역시 엄마의 사랑임을 깨닫게 된다. 때문에 상하처럼 생모와 엄마 중 하나를 선택해야 할 일이 생긴다면 엄마를 선택할 것임을 확신한다. 슬아 엄마는 아이들의 미래를 위해서라는 명목으로 아이들에게 지독하게 대했던 것이 잘못임을 깨닫고, 특히 상하를 생부에게 되돌려 보낸 것을 후회하며, 어떻게 해야 아이들을 진정으로 사랑하는 것인지에 대해 고민하게 된다. 슬아 엄마의 모습은 현재 많은 엄마들이 안고 있는 문제점을 적나라하게 드러낸다. 마지막에 남은 슬아 엄마의 문제는 대한민국에서 아이를 키우고 있는 모든 엄마들에게 역시 큰 고민으로 남는다.

선택 자체에는 좋은 선택과 나쁜 선택이 존재하지 않는다고 한다. 다만 선택의 결과를 올바르게 이끌어내는 과정이 중요한데, 선택의 결과를 올바른 방향으로 이끌어내는 것은 바로 사랑이다. 운명과 선택, 그리고 그 사이에 사랑이 있다.

4. 그리고 카이로스의 시간은 흐른다

작가는 끊임없이 자신의 선택은 자신의 책임이며 자신의 환경도 심지어는 운명조차도 선택의 결과이므로 다른 사람을 탓하지 말라고 한다. 폐휴대폰에서 금을 찾아내어 마침내 아들에게 골드바를 만들어 선물한 태봉 아버지의 모습은 자신의 처지를 비관하지 않고 보잘것없는 자신을 대면하여 금과 같은 존재로 바꾸어내는 하나의 예가 된다. 이런저런 핑계를 끌어 대며 다른 사람을 탓하기보다는 자신을 돌아보아 자신이 걸어온 길에 문제가 있는 것은 아닌지 자꾸 확인해봐야 할 것이다. 선택의 순간을 되돌아보는 것은 앞으로 나가기 위한 구름판이라고 볼 수 있다.

Why I am here, 이것은 지나온 자신의 시간을 냉정히 볼 수 있는 사람만이 한 발자욱 내디딜 수 있다는 희망의 메시지이다. 이렇게 자신을 마주하여 바라본 용기 있는 사람이 자신의 삶을 꿈과 희망이 넘치는 의지의 시간으로 채울 수 있게 된다. 그리고 비로소 카이로스의 시간은 다시 흐른다.

작가란 누구인가? 폐휴대폰과 같은 비루한 삶의 찌꺼기들 가운데서 정금을 길어내는 이, 우리는 그들을 작가라 부른다. 작가 김선영의 시간에 대한 탐색이 정금을 길어내는 순간이 되기를, 그리하여 그의 시간들이 매 순간 카이로스의 순간들이 되기를 기원한다.

특별한 배달

© 김선영, 2013

초   판 1쇄 발행일 2013년 1월 31일
특별판 1쇄 발행일 2018년 9월 3일

지은이   김선영
펴낸이   정은영

펴낸곳   (주)자음과모음
출판등록 2001년 11월 28일 제2001-000259호
주소   04047 서울시 마포구 양화로6길 49
전화   편집부 (02)324-2347, 경영지원부 (02)325-6047
팩스   편집부 (02)324-2348, 경영지원부 (02)2648-1311
이메일   jamoteen@jamobook.com

ISBN 978-89-544-3903-9 (04810)
     978-89-544-3901-5 (set)

이 도서의 국립중앙도서관 출판예정도서목록(CIP)은 서지정보유통지원시스템
홈페이지(http://seoji.nl.go.kr)와 국가자료공동목록시스템(http://www.nl.go.kr/kolisnet)에서
이용하실 수 있습니다.(CIP제어번호: CIP2018025388)